청소년을 위한 고골 작품선
코·감찰관

청소년을 위한 고골 작품선

코 · 감찰관

니콜라이 고골 지음 최병근 옮김

써네스트

차 례

1

3월 25일 페테르부르크에서 결코 평범하지 않은 괴이한 사건이 발생했다. 보즈네센스키 대로에 살고 있는 이발사 이반 야코블레비치(그의 성(姓)은 확인할 수가 없었고, 얼굴에 거품을 잔뜩 칠한 신사의 모습이 '피도 뽑아 드립니다'라는 문구와 함께 그려진 이발소 간판에도 더이상의 문구는 없었다)는 빵 굽는 냄새를 맡으며 아침 일찍 일어났다. 침대에서 몸을 조금 일으킨 이발사는 커피를 무척 좋아하는 꽤나 품위 있는 자기 아내가 오븐에서 갓 구워진 빵을 꺼내고 있는 것을 보았다.

"프라스코비야 오시포브나, 오늘 난 커피를 마시고 싶은 생각이 없구려."

이반 야코블레비치가 말했다.

"대신 따끈한 양파빵을 먹었으면 하는데……."

(그러니까 이반 야코블레비치는 둘 다 먹고 싶었지만 두 가지를 한꺼번에 달라고 하는 것은 불가능하다는 것을 잘 알고 있었

다. 왜냐하면 아내가 그런 변덕을 아주 싫어했기 때문이다.) '바보 같으니, 빵이나 먹으라고 하지. 잘 됐어, 그러면 커피 한 잔은 남으니까.' 아내는 속으로 이렇게 생각하고, 빵 하나를 식탁 위로 던져주었다.

이반 야코블레비치는 예의를 갖추기 위해서 셔츠 위에 모닝코트를 걸친 다음 식탁 앞에 앉았다. 그런 다음 빵 위에 소금을 뿌리고, 양파 두 알을 준비한 다음, 나이프를 손에 들었다. 그리고 의미심장한 표정을 지으며 빵을 자르기 시작했다. 빵을 두 조각으로 자른 다음 가운데를 들여다보던 그는 무언가 하얀 물체를 발견하고 깜짝 놀랐다. 이반 야코블레비치는 그것을 나이프로 조심스럽게 파낸 다음 손가락으로 만져봤다.

"딱딱한데! 이게 뭐지?"

그는 혼잣말로 중얼거렸다.

그는 손가락을 넣어서 그것을 끄집어냈다. 그건 코였다! 이반 야코블레비치는 맥이 쭉 빠졌다. 그는 눈을 비비고 다시 만져보기 시작했다. 코였다, 틀림없이 사람의 코였다! 게다가 낯익은 누군가의 코와 비슷하다는 생각이 들었다. 이반 야코블레비치의 얼굴에는 공포의 빛이 떠올랐다. 그런데 그가 느낀 공포심은 그의 아내가 터트린 분노에 비하면 아무것도 아니었다.

"이거 어디서 났어요, 이 짐승 같으니라고, 누구 코를 잘라 버린 거야?" 그녀가 화를 내며 소리쳤다.

"사기꾼! 주정뱅이! 내가 직접 당신을 경찰에 신고하고 말 거요. 이런 날강도 같으니! 내가 벌써 세 사람한테나 들었다고, 당신이 면도할 때 하도 코를 세게 잡아당겨서 코가 거의 떨어져 나갈 지경이라고 하더군요."

어쨌든 이반 야코블레비치는 아주 난감한 상황에 처하고 말았다. 이 코가 다름 아닌, 바로 매주 수요일과 일요일에 자기가 면도를 해주는 8등관 코발료프의 코라는 것을 알게 되었기 때문이다.

"잠깐만, 프라스코비야 오시포브나! 내가 이걸 천조각에 싸서 한쪽에 놔둘게. 잠시 거기에 놔두면, 내가 나중에 치울 테니까."

"듣기 싫어요! 잘린 사람 코를 집안에 놔두자고요? 이 매정한 인간아! 가죽띠에 면도칼이나 갈 줄 알았지, 곧 빚 독촉이 쏟아질 판인데, 갚을 능력은 없고. 이런 바보, 멍청이 같으니! 당신 대신 나더러 경찰서에 가보라는 거예요? 몹쓸 인간, 이런 머저리 같으니! 어서 내다 버려요! 버리라고요! 어디로든 가져다 버리라고요, 내 눈 앞에서 안보이게 하란 말이에요!"

이반 야코블레비치는 완전히 넋이 나간 채로 서 있었다. 그는 생각하고 또 생각했지만 무슨 생각을 해야 할지 알 수가 없었다.

"제기랄, 도대체 어떻게 해야 할지 모르겠군." 그는 귀 뒤를 손으로 긁적거리면서 말했다.

"내가 어제 술이 취해서 집으로 왔는지 어땠는지도 기억이 나지 않는군. 모든 정황으로 보건대, 이 일은 도저히 있을 수 없는 일이야. 빵은 굽는 게 당연하지만 코는 그럴 수가 없는데…… 도 대체가 알 수가 없군!"

이반 야코블레비치는 입을 다물었다. 경찰이 그의 집에서 코를 찾아내서 그에게 죄를 물을 것이라는 생각 때문에 그는 정신이 아득해졌다. 벌써 경찰의 은실로 멋지게 장식한 붉은 옷깃과 장검이 보이는 것 같았다. 그는 온몸을 부르르 떨었다. 마침내 그는 낡아빠진 외투와 부츠를 꺼내, 이 너절한 것들을 몸에 걸쳤다. 그리고 아내의 지긋지긋한 훈시를 계속 들으며 코를 천조각에 싸서는 집밖으로 나왔다.

그는 코를 어딘가에 슬쩍 집어넣고 싶었다. 아니면 어느 집 대문 아래 갖다 놓던가, 그것도 아니면 그냥 우연히 떨어진 것처럼 하고 싶었다. 그래서 골목으로 들어갔다. 그런데 불행하게도 거기서 아는 사람을 만났다. 그 사람이 질문을 늘어놓기 시작했다. "어디 가는 길인가?", "누가 이렇게 일찍 면도를 하겠다는 건가?" 그러는 바람에 이반 야코블레비치는 기회를 놓치고 말았다. 그 다음 번에는 그가 손에서 막 코를 떨어뜨렸을 때였다. 멀리서 초소근무경관이 미늘창으로 가리키며 말했다. "이봐, 뭘 떨어뜨린 거야, 어서 줍게!" 이반 야코블레비치는 할 수 없이 코를 집어 들어 주머니 속에 감췄다. 그는 절망감에 사로잡혔는데, 게다가 거리에는 사람들이 점점 더 많아졌고, 상점들은 문을 열고 노점상들은 판을 펼치기 시작했다.

궁리 끝에 그는 이사키예프스키 다리로 가기로 결심했다. 코를 네바 강에 던져버릴 기회가 한 번은 오지 않을까 하는 생각에서였다……. 그런데 제가 조금 실수를 한 것은, 여러모로 존경받을만한 인물인 이반 야코블레비치에 대해서 지금껏 한 마디도 하지 않았다는 것이다.

이반 야코블레비치는 러시아의 성실한 장인(匠人)들이 모두 그렇듯 엄청난 술고래였다. 그는 매일같이 다른 사람의 얼굴을 면도해주면서도 정작 자신의 수염은 한 번도 깍은 적이 없었다. 이반 야코블레비치의 모닝코트(그는 결코 프록코트를 입지 않았다)는 얼룩무늬였다. 원래 검은색이었던 옷이 누런 갈색과 회색 얼룩으로 뒤덮였기 때문이다. 옷깃은 번들거렸고, 세 개의 단추 대신 그 자리에는 실밥만 남아 있었다. 이반 야코블레비치는 대단한 냉소주의자였다. 8등관 코발료프가 면도를 하면서, "이봐, 이반 야코블레비치, 자네 손에서는 왜 항상 냄새가 나는가?" 하고 물어보면, 이반 야코블레비치는 "손에서 왜 냄새가 나는 걸까요?"라고 대답하고, "모르겠네만, 아무튼 냄새가 나긴 나"하고 8등관이 말하곤 했다. 그러면 이반 야코블레비치는 코담배를 한 번 들이키고는, 그의 뺨에, 코밑에, 귀 뒤에, 턱에, 그러니까 한마디로 자기가 하고 싶은 대로 맘대로 비누칠을 해댔다.

바로 이 존경스러운 시민이 이미 이사키예프스키 다리에 도착해 있었다. 그는 먼저 주위를 살폈다. 그 다음 난간 위로 몸을 숙이고, 물고기가 많이 있는지 보는 척 다리 아래를 내려다봤다. 그리고 코를 싼 천조각을 슬쩍 내버렸다. 그는 단박에 십 년 묵은 체증이 가시는 것 같은 느낌을 받았고, 웃음이 절로 나왔다. 그래서 관료 집으로 면도를 하러 가는 대신 펀치주스나 한 잔 마실 생각으로 '음식과 차'라고 쓰인 간판이 걸린 건물로 걸음을 옮겼다. 그런데 바로 그 순간, 수염을 덥수룩하게 기른 점잖은 외모의 파출소장이, 삼각모에 장검을 찬 복장으로 다리 끝에 서있는 것이 눈에 띄었다. 그는 온몸이 굳어졌다. 그 순간 파출소장이 손가락을 까딱이며 말했다.

"어이, 이리와 보게!"

경찰복장을 알아본 이반 야코블레비치는 멀찌감치에서 모자를 벗어 들고, 재빠르게 달려가서는 말했다.

"각하, 건강하시기를 기원합니다!"

"아니, 각하고 뭐고는 됐고, 자네, 다리 위에 서서 뭔 짓을 했나?"

"예, 나리, 면도를 해주러 가던 길에, 강 물살이 센지 어떤지 잠깐 내려다 봤습니다."

"거짓말, 거짓말이야! 그런 식으로 넘어갈 순 없지, 솔직히 대답해봐!"

"나리, 일주일에 두 번, 아니 세 번이라도 무조건 면도를 해드리겠습니다."

"아니, 이 친구가, 그런 건 다 필요 없다니까! 이미 세 명의 이발사가 내 면도를 해주고 있어. 그것도 대단한 영광으로 생각하면서 말이야. 그러니까 이제 얘기해 보시지, 저기서 무슨 짓을 했지?"

이반 야코블레비치는 얼굴이 하얗게 변했다……. 그런데 이 사건은 여기서부터 완전히 안개 속에 묻혀버려 그 후로 무슨 일이 일어났는지 전혀 알려진 바가 없는 상태이다.

2

8등관 코발료프는 상당히 일찍 일어나서는 으레 그러듯 입술을 떨며 "브르르르" 하고 소리를 냈는데, 자신도 무슨 이유 때문인지 설명하지 못했다. 코발료프는 기지개를 켜고 탁자에 있는 작은 거울을 가져오라고 명령했다. 어제 저녁에 콧잔등에 솟아난 뾰루지를 살펴볼 생각이었다. 그런데, 너무나 놀랍게도 코가 있어야 할 자리가 평평하기만 했다. 놀란 코발료프는 물을 달라고 했다. 그리고 수건으로 눈을 닦았다. 정말로 코가 없었다! 그는 손으로 여기저기를 만져보았다. 지금 자고 있는 것은 아닌가? 꿈은 아닌 것 같았다. 8등관 코발료프는 침대에서 벌떡 일어나

몸을 마구 흔들어 보았다. 코는 없었다! 그는 옷을 가져오라고 명령한 다음 곧장 경찰서장에게로 달려갔다.

여기서 잠시 이 8등관이 어떤 사람인지 독자들이 알 수 있도록 몇 가지 이야기를 해 두어야겠다. 학위가 있어야 받을 수 있는 8등관이라는 관직은 카프카즈 지방에서 받는 8등관과는 비교할 수가 없다. 이 두 가지는 전혀 다른 것이다. 학위를 수반한 8등관은…… 그런데 러시아는 참으로 이상한 나라여서 8등관 가운데 어느 한 사람에 대해서 이야기를 할라치면 리가에서 캄차트카까지 흩어져 있는 모든 8등관들이 자신에 대해서 이야기를 하는 줄 안다. 다른 모든 계급이나 관직의 경우도 마찬가지다. 코발료프는 카프카즈에서 8등관이 되었다. 그는 8등관이 된 지 이제 겨우 2년이 지난 터라 이 칭호를 한 시도 잊은 적이 없다. 하지만 그는 자신의 고귀함과 풍모를 더욱 돋보이게 하기 위하여 자신을 8등관이라고 부르지 않고 소령이라고 불렀다. 그는 거리에서 셔츠를 파는 아낙을 보면 "이봐요, 사랑스러운 사람, 우리집에 한 번 놀러와요, 우리집은 사도바야 거리에 있어. 그곳에 와서 코발료프 소령이 어디 사느냐고 물어보면 돼." 라고 말하기도 했다. 만약 매력적인 여자를 만나게 된다면 비밀스런 지시를 하듯 "이봐, 예쁜 아가씨, 코발료프 소령의 집이 어디냐고 묻고 찾아와!"라고 말한다. 그러므로 우리는 앞으로 그를 8등관 대신 소령이라고 부르자.

코발료프 소령은 평상시에는 매일 네프스키 대로를 산책하였다. 그의 셔츠 깃은 항상 티없이 깨끗했고 풀을 먹여 빳빳했다. 그의 구레나룻은 지금은 현이나 군의 측량기사, 건축가, 연대 군의관이나 다양한 업무를 보는 경찰들에게서 볼 수 있으며 볼이 통통하고 붉은 빛을 띠고 있는 사람이나 카드놀이 보스톤을 매우 좋아하는 사람한테서 볼 수 있는 것이다. 이들의 구레나룻은 볼 중간을 지나 코까지 곧장 이어진다. 코발료프 소령은 루비로 만든 인장을 여러 개 가지고 다녔는데, 문장이 새겨져 있는 것도 있고, 수요일, 목요일, 월요일 같은 글자가 새겨져 있는 것도 있었다. 소령 코발료프는 자신의 관등에 맞는 자리를 얻기 위해서 페테르부르크에 왔다. 잘 되면 부지사 자리를 얻을 수도 있을 것이고, 그게 안 되면 관청의 집행관 자리를 얻어볼 생각이었다. 소령 코발료프는 결혼에 관심이 없는 것은 아니다. 다만 20만 루블 정도 지참금을 가지고 오면 생각해볼 것이다. 그런 정도이니 이제 독자 여러분들이 나쁘지 않고 적당하게 생긴 코가 있어야 할 자리에 평평하고 밋밋한 피부만 남아있는 얼굴을 본 소령의 상태가 어떨지 알 수 있을 것이다.

불행하게도 거리에는 마차가 한 대도 보이지 않았다. 할 수 없이 그는 망토로 몸을 감싸고 코피가 나는 사람이 그러듯 얼굴을 손수건으로 감싼 채 걸어갔다. '어쩌면 내가 착각을 하고 있는 것일지도 몰라. 코가 없어졌다는 게 도대체 말이 되냐고.' 이렇게 생각한 그는 거울을 한번 들여다볼 생각으로 제과점으로 들어갔다. 다행히 그 안에는 아무도 없었다. 잠이 덜 깬 점원 아이들이 바닥을 쓸고 의자를 정리하고 빵을 나르고 있었다. 커피의 얼룩이 묻어 있는 전 날 신문이 탁자와 의자에 어지럽게 놓여 있었다. '다행히 아무도 없네. 이제 볼 수 있겠다.' 그는 조심스럽게 거울로 다가가 얼굴을 보았다. "몰골이 이게 뭐야!" 그는 침을 뱉으며 말했다. "코가 없으면 대신 뭐라고 있어야 할 거 아니야, 아무것도 없잖아!"

울화가 치밀어서 입술을 깨물며 과자점을 나온 그는 평소와는 다르게 아무도 쳐다보지 않고 누구에게도 미소 짓지 않겠다고 작정했다. 그러다 갑자기 어느 집 문 앞에서 굳은 듯 멈춰버렸다. 그의 눈앞에서 설명을 할 수 없는 일이 벌어지고 있었다. 현관 앞에서 마차가 멈추어 섰고, 문이 활짝 열렸다. 마차에서 한 신사가 몸을 숙인 채 폴짝 뛰어내렸다. 그리고 계단을 올라갔다. 바로 그 신사가 자신의 코라는 사실을 알게 된 코발료프는 공포와 경악에 사로잡혔다. 이 이상한 광경을 본 코발료프는 세상이 거꾸로 뒤집어지는 느낌이었다. 그는 간신히 서 있었다. 하지만 그 신사가 마차로 다시 돌아올 때까지 기다리겠다는 생각은 할 수 있었다. 정말로 2분 정도 후에 코가 건물에서 나왔다. 그는 커다란 깃을 세운 금실로 제봉된 제복을 입고 영양 가죽으로 만든 바지를 입고 있었으며, 허리에는 장검을 차고 있었다. 깃털 장식 모자를 보건대 그는 5등 문관인 것 같았다. 모든 정황으로 보건대, 누군가를 방문하러 가는 길 같았다. 그는 양쪽을 한 번 살펴본 뒤 마부에게 소리쳤다. "마차를 이리 대!" 그는 마차를 타고 떠났다.

불쌍한 코발료프는 거의 미칠 지경이었다. 그는 이런 이상한 사건에 대해서 생각을 한 적도 들어 본 적도 없었다. 어제만 해도 자신의 얼굴에 붙어 있어서 어디를 갈 수 없었던 코가 제복을 입고 있다니! 그는 마차를 따라 달려갔다. 마차는 다행스럽게도 멀리 가지 않고 카잔 성당 앞에서 멈추어 섰다.

그는 서둘러 성당 안으로 들어갔다. 거지 노파들이, 예전에 그가 그렇게 멸시했던 눈구멍만 두 개 뚫고 얼굴 전체를 붕대로 감싼 모습을 한 채 양쪽으로 늘어 서있었다. 성당 안에는 기도하는 사람들이 많지 않았으며, 그들도 대부분 입구 쪽에 서 있었다. 코발료프는 성당에 들어서면서 신자라면 누구나 해야 하는 기도를 잊어버릴 정도로 혼란스러운 상태였다. 코발료프는 성당 안 구석구석을 살피며 그 신사를 찾았다. 그리고 마침내 한쪽 구석에 서있는 그를 찾아냈다. 코는 커다란 옷깃을 세워서 얼굴을 숨기고 있었지만 매우 경건한 자세를 유지하고 있었다.

'어떻게 다가가지?' 코발료프가 생각했다. '제복과 모자를 보니 5등관인 것 같은데. 이런 젠장 도대체 어떻게 해야 하지?'

코발료프는 코 근처로 가서 헛기침을 했다. 하지만 코는 계속 경건한 자세를 유지한채 목례를 올렸다.

"귀하……" 코발료프는 있는 힘을 다해서 말했다. "친애하는 귀하!"

"무슨 일이죠?" 코가 고개를 돌리며 대답했다.

"이상한 일이 있어서요, 귀하…… 그러니까…… 귀하께서는 당신이 어디에 있어야 하는지 잘 아실 겁니다. 그런데 제가 이렇게 성당에서 귀하를 만나게 되면, 당신도 동의하시겠지만……."

"죄송하지만, 당신이 무슨 말을 하는지 잘 모르겠네요. 잘 좀 설명해 보시죠."

'어떻게 설명해야 하지?'

코발료프는 생각을 잠시 한 후 숨을 크게 몰아쉰 다음 이야기를 시작했다.

"물론 저는 그러니까, 소령입니다. 코 없이 다닌다는 것은 말도 안 되는 일이라고 당신도 생각할 것입니다. 그러니까 예를 들어서 바스크레센스키 다리 위에서 깨끗하게 닦은 오렌지를 파는 아줌마에게는 코가 없을 수도 있습니다. 하지만 현 지사를 할 수도 있는 사람이…… 더구나 5등관 부인인 체흐타료바 같은 부인을 포함해서 시내의 모든 부인들하고 친분이 있는 사람이 그렇다는 것은 전혀 다른 이야기입니다. 잘 생각해보세요…… 저는 잘 모르겠습니다만(이때 코발료프 소령은 어깨를 으쓱했다) 죄송합니다…… 만약 이 문제를 의무와 명예의 관점에서 살펴본다면…… 당신도 이해를 하실 수 있을 것입니다……."

"뭔 말인지 도통 모르겠군요. 좀 더 쉽게 설명해봐요."

코가 대답했다.

"귀하…… 제가 당신의 말이 어떤 뜻인지 모르겠습니다……
그러니까 이렇게 모든 게 분명한데…… 아니면 당신이 원하시는
게…… 당신은 제 코가 맞지 않습니까!"

코는 소령을 쳐다보고 눈썹을 찡그렸다.

"무언가 오해를 하시는 것 같군요, 선생. 저는 접니다. 게다가
당신과 나는 그 어떤 관계로 연결되어 있지도 않습니다. 당신 제
복의 단추로 보건대 당신은 전혀 다른 관청에서 일을 하고 있는
것 같은데요."

이렇게 말하고 코는 고개를 돌린 후 기도를 계속했다.

코발료프는 무엇을 해야 할지, 아니 무슨 생각을 해야 할지도
모를 정도로 매우 당황했다. 이때 어느 부인의 옷이 스치는 소리
가 경쾌하게 들려왔다. 온통 레이스로 장식한 옷을 입은 중년 부
인과 날씬한 허리에 잘 어울리는 흰색 드레스를 입고 가벼운 노
란색 모자를 쓴 가냘픈 몸매의 부인이 다가왔다. 그들 뒤로는 기
다란 구레나룻을 기르고 열두겹은 되어 보이는 옷깃을 세운 키
가 큰 하인이 멈추어 서서 담뱃갑의 뚜껑을 열었다.

코발료프는 그들에게 가까이 다가가서 셔츠 깃을 앞으로 빼
낸 다음 금줄에 매달린 인장을 가지런히 했다. 그는 미소를 띤

채 주위를 둘러보다 손가락이 거의 투명해 보이는 흰 손을 이마에 대고 기도를 하고 있는 마치 봄꽃 같은 여인에게 눈길을 멈췄다. 모자 아래에서 그녀의 둥글고 새하얗게 빛나는 턱과 봄에 가장 먼저 피는 장미를 닮은 볼을 확인한 코발료프의 미소는 더욱 환해졌다. 그런데 갑자기 불에 댄 듯 깜짝 놀라서 물러섰다. 코가 있어야 할 자리에 아무것도 없다는 게 기억난 것이다. 그러자 눈에 눈물이 고였다. 코발료프는 제복을 입은 신사에게 그자가 5등관 행세를 하는 것이며 사기꾼이고 비열한이며 단지 코일 뿐이라는 것을 직접 이야기하려고 돌아섰다. 그러나 이미 코는 없었다. 아마도 누군가를 방문하러 간 것임에 틀림없다.

코발료프는 절망에 빠졌다. 그는 뒤로 물러나서 기둥 아래에 서서 사방을 자세히 살펴보았다. 코발료프는 코가 금실로 제봉한 제복을 입고 있었다는 것은 분명히 기억하고 있었다. 하지만 그의 외투가 어떤 모습이었는지, 마차와 말이 무슨 색이었는지, 하인이 있었는지, 있었다면 어떤 옷을 입고 있었는지는 전혀 기억이 나지 않았다. 게다가 많은 수의 마차들이 빠른 속도로 오가고 있어서 도저히 구별해 낼 수 없었다. 설사 어떤 마차인지 알아내더라도 그 마차를 세울 방법이 없었다. 날씨는 화창하고 맑은 날씨였다. 네프스키 대로는 사람들로 꽉 들어차 있었다. 폴리체이스키 다리에서부터 아니치키나 다리까지 보도로 쏟아져 나온 여인들이 폭포수 같은 꽃물결을 이루고 있었다. 저쪽에 코발료프가 잘 아는 7등관도 걸어가고 있었다. 코발료프는 그를 중령이라고 부르곤 했는데 특히 다른 사람들이 있으면 더욱 더 그렇게 했다. 저기에 상원 분과장 야르이핀도 보였다. 이 사람은 여덟 명이 하는 보스턴 카드놀이에서 항상 돈을 잃어주는 코발료프의 절친한 친구다. 또 다른 소령 한 명도 보였다. 이 친구도 카프카즈에서 8등관을 얻었는데, 코발료프에게 자기에게 오라고 손짓하고 있는 것이다.

"이런, 젠장. 어이, 마부, 경찰청장 댁으로 바로 가게."

코발료프가 말했다.

코발료프는 몸을 떨면서 앉아있었다. 그는 마부에게 소리쳤다.

"전속력으로 달려!"

"경찰청장님 집에 계신가?" 현관으로 들어서면서 그가 말했다.

"아니요, 방금 나가셨습니다." 문지기가 대답했다.

"아이쿠!"

"예, 하지만 그렇게 오래되지 않았습니다. 한 1분만 먼저 오셨다면 뵐 수 있었을 겁니다."

문지기가 말을 덧붙였다.

코발료프는 얼굴에서 손수건을 떼지 않고 앉아서 마부에게 실망에 빠진 목소리로 말했다.

"출발하자!"

"어디로 갈까요?"

마부가 말했다.

"그냥 곧장 가."

"곧장이라뇨? 여긴 삼거리예요. 오른쪽 아니면 왼쪽으로 갈까요?"

이 질문은 코발료프를 다시 생각에 잠기도록 만들었다. 지금 상황을 고려한다면 분명 경찰청으로 가야 한다. 이 문제가 경찰과 직접적으로는 연관이 없겠지만 다른 관청에서보다 일처리를 빨리 해줄 것이기 때문이다. 코가 자신이 근무하고 있다고 이야기를 한 관청을 찾아 항의를 하는 것은 아마도 쓸모없는 일일 것이다. 왜냐하면 이미 말한 것을 보건대 양심이 전혀 없는 이 인간은 코발료프를 한 번도 본 적이 없다고 이야기를 할 것이 뻔하기 때문이다. 그래서 이미 경찰청으로 가자고 이야기를 했지만 머릿속에는 첫 대면에서 그렇게 양심 없이 굴었던 코가 시간을 끌게 되면 도시를 빠져나갈 수 있다는 생각이 들었다. 그렇게 된다면 지금까지 찾아 놓은 것이 헛수고가 될 것이고 어쩌면 매듭을 풀기 위해서 한 달이 더 걸릴지도 모른다. 이런 저런 생각을 하던 중에 갑자기 하느님의 계시를 받듯 좋은 생각이 떠올랐다. 그는 곧장 신문사로 가서 사건의 내용을 상세하게 알리는 광고를 내기로 결정했다. 그래서 사람들이 코를 발견하게 되면 그에게 코를 데려오거나 아니면 최소한 어디에 있는지 위치를 가리켜 줄 수 있도록 만들 생각이었다. 그는 마부에게 신문사로 가자고 말했다. 그리고 가는 내내 "더 빨리 가, 이 바보야, 빨리 가란 말이야, 이 사기꾼아!"라고 말을 하면서 주먹으로 마부의 등을 두들겼다. "아이고 나으리!" 마부는 고개를 흔들면서 몰티즈 개처럼 긴 털이 난 말을 채찍으로 때렸다. 마침내 마차가 멈춰 섰다. 코발료프는 낡은 연미복을 입고 안경을 낀 백발의 관리가 책상에 앉아 펜을 이빨로 물어뜯으며 동전을 세고 있는 사무실로 숨을 헐떡이며 뛰어 들어갔다.

"누가 광고 접수를 하나요? 아, 안녕하세요!" 코발료프는 소리쳤다.

"안녕하세요." 백발의 관리가 잠시 눈을 들었다가 놓여 있는 동전 다발로 고개를 숙이며 말했다.

"광고를 내고 싶습니다."

"잠시만 기다려 주십시오." 관리는 한 손으로 종이에 숫자를 쓰고 왼손 손가락으로 주판알 두 개를 올리면서 말했다. 소매에 금줄이 달린 옷을 입은 것으로 보아 어느 귀족집의 하인처럼 보이는 사내가 손에 광고 문구를 적은 종이를 들고 책상 옆에 서서 자신의 사교성을 보여주면서 점잖게 쪽지를 읽고 있었다.

"나리, 믿으시겠습니까. 강아지는 80코페이카도 안 하는 것입니다. 그러니까 저 같으면 8코페이카라도 안 사겠다는 말이죠. 그런데 백작 부인께서 아끼시는, 너무 아끼시는 개라 100루블을 준다고 광고를 내라는 거 아닙니까! 그러니까 조금 격식을 차려서 얘기하자면, 지금 제가 나리와 하는 것처럼 말이죠, 사람들의 기호는 결코 한결같지 않다는 거죠. 사냥꾼들은 사냥개나 애완견을 사려고 500루블이나 1,000루블도 마다하지 않더라고요. 개만 훌륭하다면 말이죠."

몸집이 커다란 관리는 진지한 표정으로 그의 이야기를 들으며 동시에 쪽지에 글자 수가 몇 개인지 세고 있었다. 어떤 광고 문구에는 술을 마시지 않는 마부를 구한다는 것도 있었고, 또 다른 문구에는 1814년에 파리에서 가져온 얼마 사용하지 않은 중고 마차를 판다는 내용이 적혀 있기도 했다. 그리고 또 세탁하는 방법을 배웠고 다른 일도 잘 한다는 열아홉 살 처녀가 하녀 자리를 구하고, 스프링이 하나 없는 튼튼한 사륜마차, 생후 17년밖에 안된 회색 반점이 있는 젊고 활기찬 말, 런던에서 새로 들여온 순무 씨와 홍무 씨를 팔고 있으며, 말 두 마리를 넣을 수 있는 마구간과 멋진 자작나무와 전나무 정원을 만들 수 있는 공간이 있는 다양한 설비를 갖춘 별장을 팔고 있으며, 낡은 구두밑창을 사고 싶은 사람은 매일 8시에서 아침 3시까지 방문하라는 문구도 있었다. 이런 사람들로 가득 찬 방은 작았다. 그래서 그곳의 공기는 끔찍하게 답답하였다. 하지만 8등관 코발료프는 손수건으로 가리고 있었기 때문에, 그리고 신 이외에는 어디에 있는지 아무도 모르는 코 자체가 없기 때문에 냄새도 느낄 수 없었다.

"저기요, 말씀 좀 드릴게요…… 아주 중요한 일이라서."

결국 참지 못하고 코발료프가 말했다.

"잠시만, 잠시만! 이 루블 사십 코페이카! 잠시만! 일 루블 육십사 코페이카!" 백발의 신사가 노파와 문지기에게 쪽지를 던지며 말했다.

"무슨 일로 오셨죠?" 마침내 그가 코발료프에게 말을 걸었다.

"그러니까 말입니다, 속임수 아니 사기 사건입니다. 저는 지금도 무슨 일이 일어났는지 모르겠습니다. 단지 이렇게 써 주십시오. 그러니까 그 사기꾼을 제게 데리고 오면 충분한 보상을 해주겠다고 말입니다."

"당신의 이름을 말씀해주세요."

"아니 이름이라고요? 알려드릴 수 없습니다. 저를 아는 사람이 너무 많아요. 5등관 사모님 체흐타료바, 참모장교 사모님 팔라게야 그리고리예브나 포드토치나가 이 사실을 알게 된다면…… 오 하느님 맙소사! 그냥 8등관이라고만 써주세요. 아니면 영관급 인물이라고 쓰던가요."

"그럼 도망간 사람은 당신의 하인인가요?"

"하인이냐고요? 하인이 그럴 수 없죠! 나한테서 달아난 것은 코요."

"음, 정말 요상한 이름이군요. 그러니까 그 코라는 분이 당신 돈을 훔쳐갔다는 것입니까?"

"코는 그러니까. 그런 말이 아니라. 진짜 내 코가 어딘가로 사라졌단 말입니다. 악마가 제게 장난을 치고 있는 것이죠."

"어떻게 그런 일이? 잘 이해할 수 없는데요."

"그래요, 저도 그게 어떻게 일어났는지 말씀드릴 수 없습니다. 중요한 것은 그 코가 마차를 타고 도시 이곳저곳을 돌아다니며 5등관 행세를 한다는 것입니다. 그러니까 그 놈을 잡으면 바로 제게 끌고 와달라는 광고를 실어 달라는 것입니다. 당신도 생각해보세요, 몸에서 가장 눈에 띄는 부분이 없다면 어떻게 살 수 있겠습니까? 만약 새끼발가락이라면 말이 틀리죠. 새끼발가락이야 없다고 해도 신발을 신으면 아무도 모를 테니까 말입니다. 그런데 저는 목요일마다 5등관 사모님 체흐타료바와 참모장교 사모님 팔라게야 그리고리예브나 포드토치나를 찾아뵙습니다. 참모장교에게는 아리따운 딸이 있는데 저는 그 딸과도 아주 친하게 지내고 있지요. 그런데 이제 어떻게 해야 한단 말입니까…… 이제는 그 사람들 앞에 나설 수가 없습니다."

관리는 입술을 꼭 다물고 생각에 잠겼다.

"안 되겠습니다. 그런 광고를 신문에 실을 수는 없습니다."

아무 말 없이 오랫동안 생각에 잠겨 있던 관리가 마침내 말했다.

"안 된다고요? 왜죠?"

"그러니까 말입니다. 신문의 평판이 떨어지게 되기 때문이죠. 만약 코가 없어졌다는 등 모든 것을 써준다면 사람들이 우리 신문은 말도 안 되는 거짓 소문을 쓴다고 욕을 하게 됩니다."

"이게 왜 말이 안 된다는 것입니까? 이건 다 사실이라고요."

"그건 당신 생각이고요. 지난주에는 이런 경우가 있었습니다. 당신처럼 한 관리가 와서 2루블 73코페이카 어치의 광고를 신청했지요. 검은 털이 난 푸들이 없어졌다는 이야기였어요. 내용에 뭐 특별한 것이 없어 보였습니다. 그런데 그게 욕설이었다는 것입니다. 푸들은 어떤 관청인지 그 관청의 회계사를 빗대어 한 말이었답니다."

"아니, 나는 푸들이 아니라 코, 내 코를 찾아달라는 광고입니다. 그러니까 내 자신에 대해 광고를 해달라는 거죠."

"안 됩니다. 그런 광고는 실을 수 없습니다."

"그러면 내 코는 이제 영원히 찾지 못하게 된단 말입니다!"

"만약 코가 없어졌다면 그건 의사에게 가야합니다. 어떤 코가 되었든 마음에 드는 코를 고르면 붙여주는 사람이 있다는데 거기를 가보던가요. 그래요, 당신은 정말 농담을 아주 잘하는 쾌활한 성격을 가지고 있군요. 인정합니다."

"신께 맹세코, 맹세코 모든 게 사실입니다! 할 수 없군요. 그렇다면 당신께 보여드리겠습니다."

"뭐 그런 수고를! 정 그러시고 싶다면, 보는 것도 나쁘지 않겠죠."

관리는 코담배의 냄새를 맡으며 호기심을 보이며 말했다.

8등관은 얼굴에서 손수건을 풀었다.

"정말이군요! 코가 있어야 할 자리가 마치 금방 구운 팬케익처럼 평평하군요. 어떻게 이렇게 만질만질할 수가 있죠?" 관리가 말했다.

"이래도 저와 언쟁을 하시겠습니까? 광고를 실어야 하는 이유를 아시겠죠? 그렇게 해주신다면 제가 특별히 당신께 감사를 드리겠습니다. 이 기회를 통해서 당신을 알게 된 것을 기쁘게 생각합니다……."

소령은 이런 식으로 조금은 아첨을 떨어야겠다고 생각한 듯하다.

"광고를 싣는 것이 뭐 대단한 일이겠어요."

관리가 말했다.

"하지만 저는 광고가 당신에게 도움이 될지 의심스럽습니다. 그래도 원하신다면, 글을 잘 쓰는 사람에게 이 일을 아주 희한한 사건처럼 글을 써달라고 해서, 젊은이들에게 도움을 줄 겸(이때 관리는 코를 문질렀다), 아니면 그냥 재미 삼아 잡지 <북방의 꿀벌>(여기서 그는 코담배를 다시 한번 맡았다)에 실어보면 어떨까요?"

8등관은 완전히 실망에 빠졌다. 고개를 숙인 그는 공연 소식을 알리고 있는 신문 하단을 보게 되었다. 그곳에서 아름다운 여배우의 이름을 보고는 얼굴에 미소를 띨 준비를 하며 파란색 지폐가 있는지 알아보려고 손을 주머니에 넣었다. 왜냐하면 코발료프의 생각에 참모장교쯤 되면 VIP석에 앉아야 하기 때문이다. 하지만 코에 대한 생각이 모든 것을 망쳐 버렸다.

관리도 개인적으로는 코발료프의 난감한 상황을 이해하는 것 같았다. 그의 고통을 조금이라도 덜어줄 요량으로 자신의 입장을 점잖게 몇 마디로 이야기해주었다.

"사실 당신에게 그런 일이 일어난 것을 매우 유감스럽게 생각합니다. 자 코담배를 한 번 맡아보세요. 머리 아픈 것이 싹 가십니다. 게다가 치질에도 아주 특효입니다."

이렇게 말하면서 관리는 모자를 쓴 여인의 초상화가 그려진 담배갑의 뚜껑을 익숙한 솜씨로 열고 코발료프에게 내밀었다.

이러한 생각 없는 행동에 코발료프의 인내심이 폭발하고 말았다.

"제게 왜 이런 장난을 치시는지 모르겠네요."

그는 화가 나서 말했다.

"뭐로 냄새를 맡으라는 거죠? 정말로 당신은 바로 그 냄새를 맡아야 할 그것이 제게 없다는 것이 안 보인다는 말인가요? 당신의 그 담배는 악마나 가져가라고 해요! 당신의 그 싸구려 베레진스키가 아니라 최고급 담배를 제게 가져온다고 해도 저는 담배라면 쳐다보기도 싫어요."

이렇게 말하고 그는 화를 깊이 삭이면서 신문사를 나와서 단것을 너무너무 좋아하는 경찰서장에게로 향했다. 그의 집 현관과 식당에는 상인들이 친분의 표시로 보내준 설탕 덩어리들이 이곳저곳에 쌓여 있었다. 코발료프가 도착하였을 때 하녀가 경찰서장의 장화를 벗기고 있었다. 장검과 군용 장신구들은 이미 한쪽 구석에 가지런히 걸려 있었으며, 위협적으로 보이던 삼각모자는 그의 세 살짜리 아들이 이미 가지고 놀고 있었다. 경찰서장은 긴박한 전쟁터 같았던 일상을 끝내고 평화로운 만족감을 느낄 준비를 하고 있었던 것이다.

그가 기지개를 켠 후 "나 두 시간만 잘게!"라고 이야기한 그 순간 코발료프가 그를 찾아온 것이다. 그렇기 때문에 8등관의 방문은 시간을 잘 못 맞춘 것임에 틀림이 없다. 코발료프가 몇 파운드의 차와 옷감을 가지고 들어왔다고 하더라도 이 순간 경찰서장은 기뻐하지 않았을 것이다. 경찰서장은 예술과 제조업을 장려하는 사람이지만 무엇보다도 국가가 인정한 은행권을 선호하였다. 그는 항상 "이것보다 더 좋은 것은 없어. 먹을 것을 달라고 하지도 않고, 장소를 많이 차지하는 것도 아니고 주머니에 넣고 다닐 수도 있고 떨어뜨려도 깨질 염려가 없잖아."라고 말했다.

서장은 건성으로 코발료프를 맞이하면서 식사를 막 마친 다음에는 바로 사건을 살펴보는 것이 아니며, 배불리 식사를 한 후에는 조금 쉬게끔 인간의 본성이 만들어졌고(이 말을 들은 8등관은 경찰서장이 옛 현인들의 격언도 잘 알고 있음을 알 수 있었다), 제대로 된 사람이라면 코가 떨어져 나가지 않는다고, 요사

이 속옷도 제대로 갖춰 입지 않고 평판이 나쁜 곳을 얼쩡거리는 소령들이 많다고 이야기를 했다.

한마디로 정확한 지적이었다! 여기서 우리는 코발료프가 아주 성을 잘 내는 사람이라는 것을 말해둘 필요가 있다. 그는 자신에게 어떤 말을 하더라도 다 용서할 수 있지만 관등이나 칭호에 관한 이야기는 절대로 용서할 수 없었다. 희곡에서조차 위관에 대한 풍자는 그럴 수 있지만 영관에 대한 풍자는 있을 수 없다고 생각하는 사람이었다. 서장의 뜻밖의 홀대에 몹시 당황한 그는 머리를 내저으며 약간 팔을 벌리고 위엄 있는 태도로 말했다. "당신에게서 이런 모욕적인 이야기를 듣고 나니 더는 할 말이 없군요." 그리고는 밖으로 나왔다.

그는 힘이 빠져서 무거운 걸음으로 간신히 집으로 돌아왔다. 이미 노을이 지고 있었다. 코를 찾는 일에 이렇게 실패하고 돌아온 집은 슬프고도 매우 더럽게 느껴졌다. 현관으로 들어선 그는 가죽소파에 등을 대고 누워서 천장의 한 곳을 향해서 계속 침을 뱉고 있는 자신의 하인 이반을 보았다. 인간이 그런 평온한 모습을 하고 있다는 것이 코발료프를 화나게 만들었다. 그는 모자로 하인의 이마를 때렸다.

"이, 돼지새끼야, 맨날 쓸데없는 짓만 하고 있냐!"

이반은 벌떡 일어나서 그의 망토를 벗겨주기 위해서 재빨리 움직였다.

자신의 방으로 들어온 소령은 피곤하고 절망스러웠다. 그는 소파에 몸을 던졌다. 그리고 몇 번 한숨을 쉬더니 마침내 말을 했다.

"오, 신이시여! 신이시여! 왜 내게 이런 불행을 주시는 건가요? 팔이나 다리가 하나 없어도 이보다는 나을 것이고, 귀가 없어져도 사람들은 눈치를 채지 못할 것입니다. 하지만 모두 코가 있는데 코가 없는 인간이라니 도대체 말이 되는 겁니까? 새는 새가 아니며, 인간은 인간이 아닌 게 되는 거죠. 차라리 창문으로 뛰어내리라는 말인가요! 전쟁을 하다가 아니면 결투를 하다가 잘렸다면 할 말이라도 있는데 돈 받고 판 것도 아닌데 아무 이유 없이 코가 사라지다니…… 이건 말도 안 됩니다. 있을 수 없는 일이예요!"

그는 잠시 생각을 한 후 말을 계속 하였다.

"코가 없어졌다는 것을 믿을 수 없어. 아무리 생각해도 있을 수 없는 일이야. 이건 꿈이거나 아니면 그냥 졸고 있는 거야. 어쩌면 면도를 한 후 세수를 하고 마신 것이 물이 아니라 보드카였던 거야. 그걸 실수로 마신 거지. 이반, 이 바보 같은 이반이 물 대신 보드카를 준 거야."

정말로 자신이 취했는지 안 취했는지 확인하기 위해서 코발료프는 너무 아파서 신음을 할 정도로 세게 자기를 꼬집었다. 그 고통은 코발료프가 꿈을 꾸고 있지 않다는 것을 알려주었다. 그는 거울로 살며시 다가가서 혹시 코가 제자리에 붙어있지 않을까 기대를 하며 살짝 눈을 떠서 바라보았다가 뒤로 물러서면서 "명예훼손 감이군!"이라고 말했다.

정말로 이해할 수 없는 일이었다. 단추, 은수저, 시계 또는 그 비슷한 물건들은 사라질 수 있다. 하지만 코가 사라지다니! 그것도 어떤 사람에게! 그리고 자기 집 침실에서! 코발료프 소령은 전체 상황을 곰곰이 다시 생각해보았다. 그리고 이 사건의 범인은 딸을 자신에게 시집보내고 싶어 하는 참모장교 사모님 포드토치나와 깊은 연관이 있을 것이라는 생각이 들었다. 사실 소령 자신도 그 딸을 쫓아다녔지만 확답을 계속 피하고 있었다. 참모장교 사모님이 딸을 코발료프에게 시집보내겠다고 직접 이야기를 했을 때에도 자기는 아직 결혼하기에는 젊으며 5년 정도 근무를 한 후 마흔 둘이 되면 그때 생각해보자고 이야기를 했다. 그래서 참모장교 사모님이 화가 나서 요술할멈을 시켜서 이런 식으로 만든 것이다. 그렇지 않고는 코가 없어질 이유를 도저히 찾을 수 없다. 아무도 방에 들어온 사람은 없었고, 이발사 이반 야코블레비치는 수요일에 면도를 하러 왔었지만 수요일과 목요일에 코는 제자리에 그대로 붙어 있었다. 코발료프는 똑똑하게 그것을 기억하고 있다. 게다가 잘못해서 코가 잘렸다면 고통을 느꼈을 것이다! 게다가 이렇게 빨리 상처가 아물고 코가 있던 자리가 마치 팬케이크처럼 이렇게 반반할 수가 없다. 그래서 그는 참모장교 사모님을 고소를 할 것인지 아니면 직접 찾아가서 해명을 요구할 것인지를 고민했다. 그때 문틈으로 들어오는 불빛이 그의 생각을 방해했다. 이반이 현관에서 초를 켠 것 같았다. 초를 든 이반이 방을 환하게 밝히며 바로 들어왔다. 그 순간 코발료프는 멍청한 인간이 주인의 이런 이상한 모습을 멍청하게 바라보지 않도록 어제만 해도 코가 있었던 자리를 손수건을 황급히 가렸다.

이반이 자신이 일하는 방으로 가기도 전에 현관에서 낯선 사람의 목소리가 들려왔다.

"여기에 8등관 코발료프가 사나요?"

"들어오시오, 코발료프 소령이 여기 있소!" 황급히 자리에서 일어나서 문을 열면서 코발료프가 말했다.

너무 밝지도 어둡지도 않은 구레나룻을 기르고 살이 쪘다 싶을 정도의 볼을 가진 멋진 경찰관 한 명이 들어왔다. 그는 이 이야기의 초반에 이사키예프 다리 반대편에 서 있던 바로 그 파출소장이었다.

"혹시 코를 잃어버리지 않으셨나요?"

"네, 그렇습니다."

"그것을 찾았습니다."

"뭐라고요?" 코발료프 소령이 소리쳤다. 그는 너무 기뻐서 말이 나오지 않았다. 코발료프는 자기 앞에 서있는 파출소장의 두

툼한 입술과 볼을 바라보았다. 그 위에는 흔들리는 촛불 빛이 깜박거리고 있었다. "어떻게 찾았죠?"

"뜻밖의 일이었습니다. 그냥 길에서 우연히 그를 잡은 거죠. 그는 리가로 가기 위해서 역마차를 타고 있었습니다. 어떤 관리의 이름으로 여권도 만들었구요. 처음에는 저도 그를 그냥 평범한 신사라고 생각할 정도였습니다. 그런데 다행스럽게도 제겐 안경이 있었습니다. 저는 근시라서 당신이 제 앞에 바로 서 있더라도 얼굴은 볼 수 있지만 코나 수염은 전혀 분간할 수 없거든요. 장모, 그러니까 내 아내의 어머니도 아무것도 보지 못하죠."

코발료프는 가만히 있을 수 없었다.

"그는 지금 어디에 있나요? 당장 가보겠습니다."

"걱정마세요. 당신에게 필요할 거라고 생각하고 가지고 왔습니다. 이상한 것은 이 일의 주동자가 보즈네센스키 거리에 살고 있는 사기꾼 이발사라는 겁니다. 그자는 지금 유치장에 갇혀 있습니다. 저는 오래전부터 그자의 주벽과 도벽을 눈여겨보고 있었는데, 결국 그저께 가판대에서 단추 한 묶음을 훔쳤습니다. 당신 코는 예전과 똑같은 상태입니다."

파출소장은 호주머니에 손을 넣더니 종이에 싸여 있는 코를 꺼냈다.

"제 것이 맞습니다! 제 것이에요. 차라도 한 잔 대접하고 싶습니다."

코발료프가 말했다.

"저도 기쁨을 같이 나누고 싶지만 시간이 없습니다. 교도소에 들려야 하거든요. 요즘 물가가 정말 많이 올랐더군요. 저는 장모, 그러니까 제 아내의 어머니와 그리고 아이들 이렇게 다 같이 살고 있습니다. 큰놈에게는 기대를 많이 합니다. 아주 똑똑한 아이죠. 그런데 교육을 시키는데 돈이 많이 들어요."

코발료프는 무슨 말인지 금방 알아듣고 책상 위에 있는 10루블 짜리 지폐를 집어서 파출소장의 손에 쥐어주었다. 파출소장은 허리를 굽혀 인사를 한 후 밖으로 나갔다. 가로수 길로 마차를 끌고 나온 어리석은 농부에게 뭐라고 야단을 치는 파출소장의 목소리가 금방 들렸다.

8등관은 파출소장이 나가고 난 뒤에도 얼마 동안 정신을 차릴 수 없었다. 몇 분이 지나서야 간신히 모든 감각이 돌아오는 것을 느꼈다. 생각하지도 못한 기쁨이 그를 아무 생각 못하도록 만들었다. 그는 다시 찾은 코를 조심스럽게 잡아 오목하게 만든 손바닥 위에 올려놓고 다시 한 번 뚫어져라 코를 바라보았다.

"그래, 내 코야!"

코발료프 소령이 말했다.

"어제 왼쪽에 생겼던 뾰루지도 그대로네."

소령은 너무 기쁜 나머지 웃음을 터뜨릴 지경이었다.

그러나 세상에 영원한 것은 없는 법, 기쁨도 그 순간이 지나면 시들해지는 것이다. 시간이 조금 지나면 더 약해지고 마침내는 평상시와 전혀 다를 게 없게 된다. 마치 돌이 물에 떨어져 생긴 파문이 결국은 잔잔해지는 것처럼 말이다. 코발료프는 생각을 하다가 문제가 아직 다 해결되지 않았다는 것을 알게 되었다. 코는 찾았지만 그것을 제자리에 붙여 놓아야 하기 때문이다.

"코가 붙지 않으면 어떻게 하지?"

자기 자신에게 묻는 이 질문에 소령은 창백해졌다.

갑작스러운 엄청난 공포에 싸인 그는 책상으로 달려가 코가 삐뚤게 달리지 않도록 조심하기 위해서 거울을 옮겼다. 손이 떨렸다. 조심스럽게 그리고 세심하게 그는 코를 있었던 자리에 놓았다. 맙소사! 코는 붙지 않았다! 그는 코를 입으로 가져가서 입김을 불어서 따뜻하게 만들었다. 그리고 다시 두 볼 사이의 평평한 장소에 놓았다. 하지만 코는 그 자리에 붙어 있지 않았다.

"자, 자 이 멍청아, 가만히 있으란 말이야!"

그가 코에게 말했다.

그러나 코는 나무토막 같아서 마치 코르크 병마개가 책상에 떨어질 때 나는 소리처럼 이상한 소리를 내면서 책상으로 떨어졌다. 소령의 얼굴이 있는 대로 일그러졌다.

"정말 안 붙는단 말이야?"

그는 기겁을 하며 말했다. 계속해서 코를 제자리에 올려놓았지만 계속해서 실패를 하고 말았다.

코발료프는 하인 이반을 보내 같은 건물 2층에 가장 좋은 아파트에서 살고 있는 의사를 불러오게 했다. 의사는 잘 생긴 남자로 멋있고 검은 윤기가 흐르는 구레나룻을 가지고 있으며 젊고 생기발랄한 아내가 있었다. 의사는 아침마다 신선한 사과를 먹었고, 매일 아침 한 시간의 사분의 삼을 다섯 가지 칫솔로 양치질을 해서 항상 입의 청결을 유지하였다. 곧바로 의사가 나타났다. 불행이 언제부터 시작되었는지를 물어본 뒤 그는 코발료프 소령의 턱을 들어 올렸다. 그런 다음 전에 코가 있었던 자리를 엄지손가락으로 툭 치는 바람에 소령의 머리가 뒤로 젖혀지면서 뒤통수가 벽에 부딪쳤다. 의사는 아무 일 아니라고 말하고, 벽에서 조금 떨어지라고 충고했다. 그리고 코발료프에게 고개를 오른쪽으로 돌려 보라고 했다. 그리고 코가 있던 자리를 만지면서 "음!" 하고 말했다. 이번에는 고개를 왼쪽으로 돌리라고 하고 또 "음!" 하고 말했다. 그리고 마지막에는 다시 한번 엄지손가락으로 그 자리를 툭 쳤다. 코발료프는 이빨 검사를 받는 말처럼 머리가 뒤로 확 젖혀졌다. 이렇게 검사를 마친 다음 의사는 고개를 흔들더니 말했다.

"아니, 안 됩니다. 더 나빠질 수 있으니 그냥 그대로 두는 것이 더 나을 것 같습니다. 물론 억지로 하면 할 수 있겠죠. 제가 당장 붙여드릴 수도 있습니다. 하지만 제 생각엔 더 나빠질 수도 있습니다."

"훌륭하군요. 코 없이 지내라 이 말이군요!" 코발료프가 말했다.

"지금보다 더 나빠질 수가 있다는 건가요! 코 없이 살아본 적이 없다면 말을 하지 마세요! 이런 얼굴로 도대체 어디를 다닐 수 있단 말입니까? 저는 많은 사람들을 알고 있습니다. 5등관 사모님 체흐타료바, 참모장교 사모님 포드토치나…… 뭐, 이번 일로 포드토치나 사모님하고는 경찰서에서 볼 수도 있겠죠. 그건 그렇고 어떻게 좀 해주세요, 제발 부탁입니다."

코발료프가 간절하게 부탁했다.

"코를 붙일 방법이 전혀 없다는 건가요? 보기 안 좋아도 괜찮아요. 붙어만 있게 해주세요. 여차하면 손으로 붙잡으면 되잖아요. 코를 위해서는 춤도 추지 않겠습니다. 왕진비도, 제가 낼 수 있는 한 ……."

"믿으실지 모르겠지만 저는 결코 돈 때문에 병을 고치는 사람이 아닙니다."

의사는 크지도 작지도 않은 하지만 매우 다정하고 사람을 끌어당기는 듯한 목소리로 말했다.

"그건 제 삶의 원칙과 인술이라는 것에 반하는 것입니다. 예, 저는 왕진비를 받습니다. 그건 제가 거절하면 마음이 상하실까 봐 받는 것일 뿐입니다. 당연히 당신에게 코를 붙여 드릴 수 있습니다. 하지만 제 명예를 걸고 분명히 말하지만 당신이 제 말에 귀를 기울이지 않는다면 나중에 더 나쁜 결과를 초래할 수 있습니다. 그냥 자연스럽게 놔두는 것이 좋습니다. 찬물로 자주 씻으십시오. 그러면 코가 없어도 있는 것처럼 건강하게 지내실 수 있을 것입니다. 코는 알콜이 담긴 병에 넣어 두세요. 거기다 독한 보드카 두 스푼과 끓인 다음에 식힌 식초를 넣으면 더 좋습니다. 그러면 당신은 그것으로 많은 돈을 벌 수 있을 것입니다. 가격이 비싸지 않다면 제가 살 용의도 있습니다."

"아니오, 안 됩니다. 팔 수 없어요! 파느니 차라리 버리겠어요."

코발료프가 화가 나서 소리쳤다.

"실례했습니다! 전 당신께 도움을 주려고 했을 뿐입니다. 할 수 없죠! 최소한 제가 노력했다는 것만 알아주세요."

의사는 작별 인사를 하며 말했다.

이렇게 말하고 의사는 마음 좋은 사람처럼 행동하며 방에서 나갔다. 코발료프는 그의 얼굴을 볼 수 없었다. 다만 검은 연미복 소매 끝으로 나온 눈처럼 흰 셔츠의 소맷자락만이 멍한 두 눈에 들어왔을 뿐이다.

다음날 그는 소송을 제기하기 전에 참모장교 사모님께 편지를 쓰기로 결심했다. 그녀가 분쟁없이 해결할 마음이 있는지를 알아보기 위해서였다. 편지의 내용은 다음과 같았다.

친애하는 알렉산드라 그리고리예브나!

당신의 이상한 행동을 이해할 수 없습니다. 그런 식으로 행동을 해도 당신의 딸과 결혼시키려는 당신에게 유리하게 작용하지 않을 것입니다. 내 코에 관한 사건에서 다른 사람이 아닌 당신이 중요한 역할을 수행하고 있다는 것을 이미 저는 잘 알고 있습니다. 코가 갑자기 자기 자리를 떠나고 도망가고 관리로 변장한 뒤 마침내 본 모습으로 돌아온 것은 당신과 당신을 도우려는 사람의 모술이라는 것 외에는 달리 설명할 수 없기 때문입니다. 만약 오늘 당장 그 코가 자신의 자리를 찾지 않는다면 법의 보호를 요청할 수밖에 없음을 아시기 바랍니다.

그럼에도 불구하고 저는 당신에 대해 최고의 존경을 표합니다. 머리 숙여 인사드립니다.

                                        플라톤 코발료프 드림

존경하는 플라톤 쿠지미치!

당신의 편지는 저를 아주 놀라게 했습니다. 저는 솔직히 무엇을 기대했던 것은 아닙니다. 게다가 당신의 비난을 받으리라고는 더더욱 상상도 하지 못했습니다. 우선 당신께 말씀드리고 싶은 것은 당신이 말씀하신 그 관리를 변장한 모습으로도 또는 원래의 모습으로도 우리집에 한 번도 들인 적이 없다는 것입니다. 사실 저희 집에 오셨던 분은 필립 이바노비치 포탄치코프입니다. 물론 그가 제 딸에게 청혼을 하려고 방법을 찾고 있었고, 학자적인 풍모나 행동을 지니고 있습니다. 하지만 저는 그 사람이 일말의 희망을 가질 어떠한 행동도 하지 않았습니다. 당신은 그리고 무슨 코이야기를 하셨더군요. 그것이 제가 당신을 우롱하고 있다는 뜻으로, 다시 말해, 정식으로 당신을 거절하고 있다는 의미로 이해하셔서 그렇게 말씀하신 거라면 심히 놀라울 따름입니다. 당신이 알다시피 저는 그것과는 정반대의 입장을 가지고 있으니까요. 만약 당신이 정식으로 제 딸에게 청혼을 하신다면 저는 지금 당장이라도 당신을 사위로 맞을 준비가 되어 있습니다. 그건 늘 제가 바라던 바이니까요. 계속 인사를 나누며 살기를 바랍니다.

알렉산드라 포드토치나 드림

"그렇군. 사모님이 한 일이 아니군, 아무렴 그래야지. 나쁜 짓을 한 사람이 이런 식으로 편지를 쓰지는 않아."

코발료프는 편지를 읽은 후 이렇게 말했다.

8등관은 카프카즈에서 여러 차례 사건 조사를 위해서 파견되었던 경험이 있어서 이쪽 일을 잘 아는 편이었다.

"도대체 어떻게, 무엇 때문에 이런 일이 일어난 걸까? 미치고 환장하겠네."

고개를 숙이고 그가 말했다.

한편 이 이상한 사건에 대한 소문은 항상 그렇듯이 부풀려져서 수도 전체에 퍼졌다. 이 무렵 사람들은 모두 신기한 것만을 쫓아 다녔다. 얼마 전에는 자기력 테스트가 사람들의 마음을 사로잡았다. 코뉴센나야 거리의 춤추는 의자의 소문도 바로 얼마 전부터 시작된 것이다. 그렇기 때문에 8등관 코발료프의 코가 오후 세 시가 되면 네프스키 거리를 산책하고 다닌다는 이야기가 나돌기 시작한 것은 별로 놀라운 일도 아니다. 관심을 갖게 된 사람들은 하루가 다르게 불어나기 시작했다. 누군가가 코가 <윤케르> 상점에 나타났다는 이야기를 했고 사람들은 <윤케르> 상점 주위에 모여들기 시작했고 노점상도 생겨서 경찰이 동원되어야만 했다. 전에 극장 앞에서 다양한 과자를 팔던 구레나룻을 기르고 덩치가 큰 사람은 튼튼하게 생긴 멋진 나무 의자를 만들어서 모여든 호기심 많은 사람들에게서 한 번 앉는데 80코페이카를 받는 장사를 하고 있었다. 무공이 많은 한 대령은 일부러 집에서 일찍 나와서 어렵사리 군중들 틈을 뚫고 들어갔지만 그가 상점 창문에서 볼 수 있었던 것은 코가 아닌, 평범한 털 스웨터와 그 자리에 이미 십 년은 넘게 걸려 있는 조끼 걸친 짧은 턱수염의 신사가 스타킹을 고쳐 신는 아가씨를 나무 뒤에서 바라보고 있는 석판화 그림 뿐이었다. "이런 있을 수도 없는 바보 같은 일이 어떻게 사람들을 현혹시키는 걸까?" 인파를 빠져나온 대령은 화가 나서 말했다.

그후 코발료프 소령의 코가 네프스키 대로가 아닌 타브리치스키 정원에서 마치 오래전부터 그랬던 것처럼 산책을 하고 있다는 소문이 돌았다. 게다가 호스로우 미르자 가 그곳에 머물고 있을 때 이 기이한 자연현상에 매우 놀랐다고 한다. 외과 전공 의대생 몇 명이 그곳으로 갔으며, 한 유명한 귀부인은 이 놀라운 현상을 자신의 아이들이 볼 수 있게 해줄 것을 그리고 가능하면 젊은이들에게 교훈적인 설명도 함께 해주길 바란다고 공원 관리인에게 친필 편지를 보내기도 했다.

이런 모든 사건은 부인들을 웃게 만드는 것을 좋아하지만 더 이상 할 이야기가 없어서 고민하고 있던 사람들을 기쁘게 만들었다. 다만 존경을 받고 훌륭한 생각을 가진 사람들 몇몇만이 매우 불쾌하게 생각하고 있었다. 한 신사는 오늘날과 같은 계몽의 시대에 그런 말도 안 되는 소문이 나돌게 되었는지 이해할 수 없었다. 그리고 어째서 정부가 이런 일에 관심을 갖지 않는지 놀라워했다. 이 신사는 자신의 일상적인 부부싸움을 포함한 모든 일에 정부가 개입해야 한다고 생각하는 사람들 중의 한 명임에 틀림없다. 이런 일이 일어난 후…… 하지만 여기서 모든 사건이 다시 미궁 속으로 빠져들고 나중에 어떻게 일이 진행되었는지 전혀 알려지지 않았다.

3

세상에는 말도 안 되는 일이 일어나기도 한다. 때로는 일어나리라고 전혀 생각하지 못했던 일들도 일어난다. 5등관 행세를 하면서 돌아다니며 도시를 발칵 뒤집어 놓았던 코가 아무 일도 없었다는 듯이 어느 날 갑자기 자신의 자리에, 그러니까 코발료프 소령의 두 뺨 사이에 꼼짝 않고 붙어 있었다. 이 일은 4월 7일에 있었던 일이다. 잠에서 깬 뒤 그는 무의식중에 거울을 보았다. "코다! 잡아라, 코야! 앗싸!" 코발료프가 말했다. 그 순간 방으로 들어온 이반이 아니었다면 기쁨에 겨워 맨발로 방안을 뛰어 돌아다녔을 것이다. 그는 이반에게 세수물을 가져오라고 명령했다. 그리고 세수를 한 후에 다시 한 번 거울을 보았다. "코다!" 수건으로 얼굴을 닦은 후 그는 다시 한번 거울을 보았다. "코다!"

"이반, 잘 봐, 코에 뭐가 난 것 같아."

그는 말을 하면서 '이반이 <나리 뾰루지는 있는데, 코는 없습니다>라고 이야기를 한다면 어떡하지?' 하고 생각했다.

하지만 이반이 말했다.

"괜찮아요, 뾰루지 같은 것은 없어요. 코는 아주 깨끗해요!"

"다행이다." 소령이 손가락으로 코를 튕기며 혼잣말로 말했다.

바로 그때 이발사 이반 야코블레비치가 방으로 얼굴을 들이밀었다. 돼지비계를 훔쳐 먹었다가 얻어맞은 고양이처럼 잔뜩 겁을 먹은 표정이었다.

"어서 말해 봐, 손은 깨끗하지?"

그가 다가오기도 전에 코발료프가 소리쳤다.

"깨끗합니다."

"거짓말!"

"신께 맹세하건대 깨끗합니다, 나리."

"그래, 그럼 알았어."

코발료프가 의자에 앉았다. 이반 야코블레비치는 소령에게 보자기를 씌우고 붓질을 하여 그의 수염과 뺨을 순식간에 상인들의 명명일에 먹는 크림처럼 만들어 버렸다.

"이런!" 이반 야코블레비치는 코를 보고 혼잣말을 했다. 그리고 고개를 옆으로 돌려서 코를 옆에서 바라보았다. "아하, 생각한 대로군." 그는 한참동안 코를 쳐다보았다. 그리고 마침내 할 수 있는 한 가장 조심스럽게 코끝을 잡기 위해서 두 손가락을 치켜들었다. 이것이 바로 이반 야코블레비치의 방식이었다.

"어어, 조심하라고!" 코발료프가 소리쳤다.

이반 야코블레비치는 갑자기 맥이 풀어져서 손을 늘어뜨렸다. 그는 당황하여 어떻게 해야 할지 몰라 했다. 이런 당혹스러움은 처음 느꼈다. 그는 조심스럽게 면도칼을 소령의 수염에 갔다 댔다. 비록 후각기관을 잡지 않고 면도를 하는 것이 불편하고 어려운 일이었지만 털이 많이 난 엄지손가락으로 볼과 아래턱을 눌러서 고정시키며 마침내 모든 어려움을 극복하고 면도를 하는데 성공하였다.

모든 준비를 마친 코발료프는 서둘러 순식간에 옷을 차려 입고 마차를 잡아타고 과자점으로 직행했다. 과자점으로 들어서며 그는 큰 소리로 말했다. "애야, 코코아 한 잔!" 그리고 자신은 거울로 다가갔다. 코가 있었다. 그는 명랑하게 뒤를 돌아보았다. 그리고 비아냥거리는 표정으로 약간 눈을 찡그리고 두 명의 군인을 쳐다보았다. 군인 중 한 명의 코는 조끼에 달린 단추만 하였다. 과자점을 나온 그는 부지사 자리 또는 최소한 회계 감사관 자리를 얻을 생각으로 드나들던 관청의 사무실로 향했다. 접견실을 지나면서 그는 거울을 보았다. 코가 있었다. 다음에 그는 다른 8등관, 냉소가인 소령을 찾아갔다. 그가 하는 잔소리에 코발료프는 항상 "그래, 내가 알지, 자네는 독설가야!"라고 대답을 했다. 코발료프는 길을 가면서 생각했다. '소령이 나를 보고 웃음을 터뜨리지 않았다면 그건 모든 것이 제자리에 붙어 있다는 신호인거야.' 8등관은 아무런 반응을 보이지 않았다. '좋아, 좋았어!' 코발료프는 마음속으로 생각했다. 길에서 딸과 함께 있는 참모장교 사모님 포드토치나를 만나서 다정스럽게 인사를 나누었다. 자신에게 아무런 문제도 없다는 것을 확인하게 된 코발료프는 기쁨에 환호를 하였다. 그는 그들과 아주 오랫동안 이야기를 나누었다. 그리고 일부러 코담배를 꺼내서 자신의 두 개의 콧구멍으로 오랫동안 냄새를 맡았다. 그는 속으로 "당신들 여자들은 닭대가리야. 어쨌든 난 당신 딸과 결혼할 생각이 없어. 난 paramour(사랑만) 할 거야. 미안하지만 말이야." 이때 이후로 코발료프 소령은 아무 일 없었다는 듯이 네프스키 대로와 극장 등 모든 곳을 돌아 다녔다. 코도 언제 그랬냐는 듯이 다른 곳으로 갈 생각 없이 소령의 얼굴에 꼭 붙어 있었다. 그 이후로 기분이 좋아진 코발료프 소령은 싱글거리면서 아리따운 여자들을 쫓아 다녔다. 그리고 한번은 훈장에 달 리본을 사기 위해서 고스틴느이 드보르 거리의 한 가게 앞에 멈추어 서기도 했다. 하지만 한번도 훈장을 받아본 적이 없는 그가 왜 훈장용 리본을 샀는지 이유를 알 수 없었다.

이상이 우리의 광대한 국가의 북쪽 수도에서 일어났던 일이다. 이제 와서 생각해보면 정말 믿을 수 없는 것뿐이다. 코의 초자연적인 분리와 5등관의 모습이 곳곳에 출현한 것은 물론이고 어떻게 코발료프는 신문에 코에 관한 광고를 낼 수 없다는 것을 이해하지 못했을까? 광고비가 비싸기 때문에 그렇다고 한다면 그건 난센스이다. 게다가 나는 돈이나 좋아하는 속물이 아니다. 그것은 창피하고 어색하고 불쾌한 일이다. 그리고 또 어떻게 구운 빵 속에 코가 들어가 있을 수 있을까? 그리고 이반 야코블레비치는 또 어째서……. 아니, 이건 절대로 이해하지 못할 일이다, 정말로 이해 못할 일이다! 그 중에서도 가장 이상하고 가장 이해하기 힘든 것은 어떻게 작가가 이런 말도 안 되는 이야기를 생각해냈냐는 것이다. 이것은 전혀 알 수 없는…….아니, 절대로 이해할 수 없는 일이다. 첫째로, 나라에는 전혀 이익이 되지 않으며, 둘째로, 둘째로도 이익이 없다. 여하튼 나는 뭐가 어떻게 된 건지 도무지 알 수가 없다…….

그러나 한편으로는 하나, 둘, 이것저것 모든 것을 고려해본다면, 상식에 어긋나는 일이 일어나지 않는 곳이 있단 말인가? 생각해보면 이 모든 것 안에는 확실히 무언가가 있는 것이다. 누가 뭐라고 해도 세상에는 이와 비슷한 사건이 일어나는 것이다. 드물지만, 하지만 일어나는 법이다.

감찰관

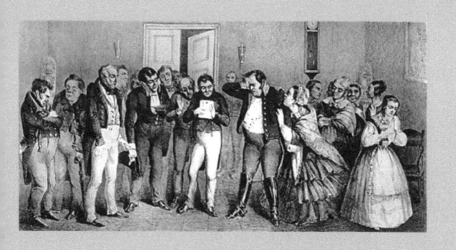

1막

시장 집 방

1장

시장, 자선기관장, 장학관, 판사, 경찰서장, 의사, 경찰 두 사람

시장: 여러분, 내가 이렇게 여러분을 부른 것은 아주 좋지 않은 소식을 알려 드리기 위해섭니다. 우리 도시에 감찰관이 온다는군요.

판사: 감찰관이라구요?

자선기관장: 감찰관이 왜?

시장: 페테르부르크에서 감찰관이, 그것도 신분을 감춘 채로 온답니다. 게다가 비밀 명령을 가지고요.

판사: 이런!

자선기관장: 어째 좀 편하다 싶더니 드디어 올 것이 왔군요!

장학관: 이거 큰일인데! 게다가 비밀 지시까지 받았다니!

시장: 내 이럴 줄 알았지. 오늘 새벽 꿈에 예사롭지 않은 쥐 두 마리를 봤거든. 정말로 그런 쥐는 아직까지 한 번도 본 적이 없어. 새까만 놈들이 엄청나게 크더라고! 그놈들이 기

어 와 냄새를 맡아 보고는 슬그머니 사라져 버리는 거야. 그건 그렇고, 안드레이 이바노비치가 보낸 편지를 여러분께 읽어 드리지. 아르체미 필립포비치, 당신도 이 사람을 알고 있죠? 어디 보자, 뭐라고 썼느냐면, '경애하는 나의 친구, 대부, 은인……, (얼른 눈으로 훑어 내리면서 작은 소리로 중얼거린다.) 자네에게 알려 주네.' 아! 여기로군. '아무튼 서둘러 자네에게 알려 줄 게 있네. 다름 아니라 비밀 명령을 받은 관리가 우리 도시를 시찰하러 왔다고 하네(의미심장하게 손가락 하나를 위로 치켜든다). 이 관리는 자신의 신분을 감추고 보통 사람인 양 행세한다지만, 난 이 소식을 아주 믿을 만한 사람들에게서 알아냈다네. 내가 알기로 자네에게도 다른 사람들처럼 사소한 죄가 없지 않을 걸세. 그래도 자넨 똑똑하고 손 안에 들어오는 걸 놓칠 사람이 아니니까…… .' (읽기를 멈추고) 음, 여기 있는 사람은 모두 우리 편이니 괜찮겠지…… '그러니 미리 단단히 조심하라고 충고하는 바 이네. 아직 그 관리가 도착하지 않았다 해도 곧 도착할 걸세. 어쩌면 이미 신분을 숨긴 채 어딘가에 머물고 있을지도 모르고…… . 어제 나는…….' 음, 여기서부턴 이제 집안 얘기군, '누이 안나 키릴로브나가 자기 남편과 우리 집에 놀러 왔는데, 이반 키릴로비치는 아주 뚱뚱해졌고 여전히 바이올린만 켜고 있더군…… .' 그러니까 상황이 바로 이렇게 된거요!

판사: 그래요? 상황이 그렇다면…… 심상치 않군요. 정말로 심상치않아요. 무슨 곡절이 있을 거요.

장학관: 도대체 무슨 일 때문인가요, 시장님? 감찰관이 왜 우리 도시에 온답니까?

시장: 왜냐고? 그럴 운명인가 보지! (한숨을 쉰다.) 지금까진 다행히 다른 도시로 돌아다녔는데 이번엔 우리 차례가 된 거겠지, 뭐.

판사: 시장님, 여기엔 아주 미묘한, 좀 더 정치적인 이유가 있어 보입니다. 그러니까 이 말은 러시아가…… 그렇습니다……, 전쟁을 준비하고 있는 겁니다. 그래서 정부는 말입니다, 보시는 것처럼 관리를 보낸 겁니다. 배신자가 있나없나 알아보기 위해서죠.

시장: 에이, 말도 안 되는 소리! 똑똑한 체하기는! 이런 지방 도시에 배신자라니! 여기가 국경 도시라도 된다는 말이오, 뭐요? 여기선 3년 동안 말을 타고 달려도 어느 나라에도 닿지 못할 거요.

판사: 아닙니다. 제가 말씀드리죠. 그게 아니라…… 시장님은 잘못 알고 있는데…… 정부는 아주 면밀히 사람들을 관찰하고 있습니다. 그래서 아무리 멀리 떨어져 있어도 다 알고 있지요.

시장: 알건 모르건 그거야 상관할 바 아니고, 어쨌든 나는 여러분에게 미리 알려 주는 거요. 보시는 것처럼 내 일만큼은 그럭저럭 처리해 뒀으니까. 여러분께도 충고합니다. 특히 자선기관장 당신, 분명 이 지방을 지나가는 관리라면 맨 먼저 당신이 관리하는 자선 병원을 시찰하려 할 거요. 그러니까 당신은 모든 게 잘 돼 있도록 정돈해 주시오. 환자들 모자도 좀 깨끗한 걸로 씌우고…… 환자들이 대장장이 같아서야 쓰겠소. 그리고 그들은 병원이 자기 집인 양 늘 어슬렁거리며 돌아다니잖소.

자선기관장: 아, 그건 별거 아닙니다. 모자는 아마 깨끗한 걸로 씌울 수 있을겁니다.

시장: 좋소. 그리고 모든 침대 위에다 라틴어나 다른 외국어로 이름을 붙여 놓으시오. 아, 흐리스티안 이바노비치, 이건 의사인 당신 일이야. 거기다 병 이름과 누가 언제 병을 앓기 시작했는지 날짜와 요일을 써 넣어요……. 또 당신네 환자들은 아주 독한 담배를 피우던데 그건 좋지 않소. 병실에 들어가면 늘 재채기가 날 정도라고. 그리고 환자 수를 줄이면 더욱 좋겠어. 그렇잖으면 이내 감독을 소홀히 했다느니 엉터리 의사라느니 하고 생각할 테니까.

자선기관장: 오! 치료라면 저와 흐리스티안 이바노비치는 우리만의 방법을 쓰고 있습니다. 자연스러울수록 더 좋다는 거

죠. 값비싼 약은 쓰지 않습니다. 인간이란 단순하지요. 어차피 죽을 사람은 죽게 마련이고 병이 나을 사람은 낫게 마련입니다. 게다가 흐리스티안 이바노비치가 환자들에게 뭔가를 설명해 주는 일은 거의 불가능해요. 그는 러시아 말이라곤 한마디도 모르거든요.

흐리스티안 이바노비치는 '이' 비슷하기도 하고, '예' 비슷하기도 한 소리를 낸다.

시장: 암모스 표도로비치, 판사인 당신도 법정에 신경 좀 써야겠어요. 청원자들이 들락거리는 그 대기실 말이오. 거기서 수위가 새끼 거위들이 딸린 집거위를 기르는데 그 거위들이 발밑에서 이리저리 돌아다니고 있단 말이오. 물론 부업을 한다는 건 무엇이 됐건 칭찬할 만한 일이지. 수위라고 부업을 하지 말라는 법은 없으니까. 다만 그런 곳에서는 볼썽사납단 말이오. 전부터 주의하라고 말하고 싶었는데 그만 깜빡 잊어버렸어.

판사: 그러면 제가 오늘 당장 그 오리들을 모조리 부엌으로 잡아들이도록 명령하겠습니다. 괜찮으시다면 식사나 하러 오시죠.

시장: 또 당신네 법원 안에는 온갖 쓰레기들이 널려 있고 서류함 위엔 사냥용 채찍이 걸려 있는데 그것도 좋지 않아. 당신

이 사냥을 좋아하는 건 알지만 당분간은 그걸 치우는 게 좋을 거요. 감찰관이 다녀가고 나서 다시 걸면 되니까. 그리고 그 배심원 말이야…… . 물론 능력 있는 사람이긴 하지만 그 사람한테서는 방금 양조장에서 나온 것처럼 역겨운 냄새가 나거든. 그것 역시 좋지 않아. 난 오래전부터 당신에게 그 얘기를 하고 싶었지만, 기억은 잘 안 나지만 아무튼 뭔가에 정신이 팔려 있는 바람에…… . 만일 그 친구 말대로 그게 태어날 때부터 나는 냄새라도 그것을 없앨 방법이 없는 것도 아니야. 그에게 양파나 마늘 아니면 뭔가 다른 걸 먹어보라고 충고해 줄 수 있잖아. 이번 기회에 흐리스티안 이바노비치가 여러 가지 약을 처방해 주는 것도 좋겠지.

흐리스티안 아바노비치는 아까와 똑같은 소리를 낸다.

판사: 아닙니다. 그 냄새는 없앨 수가 없습니다. 그가 말하기론 어릴 때 유모가 그를 안고 있다가 떨어뜨렸는데 그때부터 조금씩 보드카 냄새가 나기 시작했답니다.

시장: 알았어. 난 그냥 그렇다는 것뿐이야. 각자 알아서 처리할 사항이나 안드레이 이바노비치가 편지에 사소한 죄라고 썼던 것들에 대해선 나도 어떻다고 말할 수 없어. 게다가

그런 말을 하는 것도 이상하지. 이 세상에 죄 없는 사람이 어디 있어. 이미 처음부터 하느님이 그렇게 만들어 놓은 거야. 볼테르주의자[1]들이 쓸데없이 그런 걸 비난하고 있는 것뿐이야.

판사: 시장님, 그럼 시장님은 대체 어떤 게 사소한 죄라고 생각하십니까? 죄도 죄 나름이죠. 저는 뇌물을 받는다고 모든 사람한테 솔직하게 얘기합니다. 그런데 그 뇌물이란 게 뭔 줄 아세요? 보르조이종 강아지입니다. 이건 전혀 다른 문제지요.

시장: 아니, 강아지건 뭐건 뇌물은 뇌물이지.

판사: 아니죠, 시장님, 예를 들어, 누군가 5백 루블짜리 털 외투를 받고 그 부인은 숄까지 받았다면 그건······.

시장: 그러니까 보르조이종 강아지 정도 뇌물로 받은 게 뭐 어떠냐는 거지? 대신 당신은 하느님을 안 믿잖아. 당신은 한 번도 교회에 나간 적이 없어. 하지만 난 신앙심이 깊고 일요일마다 교회에 나가지. 그런데 당신은⋯⋯ 오, 난 당신을 알아. 당신이 만일 천지 창조론에 대해 얘기를 시작하면 난 그저 머리칼이 곤두 설뿐이야.

판사: 그건 제가 스스로 터득한 겁니다. 제 머리로 말이죠.

시장: 이봐, 때에 따라선 머리가 나쁜 게 좋은 것보다 나을 때가 있어. 아무튼 법원에 대해선 내가 그저 그렇게 말해 본 거야.

---

1 볼테르주의자: 프랑스 계몽주의자 볼테르의 사상을 따르는 사람들. 여기서는 합리주의와 도덕적 원칙을 강조하고 비판 의식이 강한 사람을 비유하고 있다.

사실 말이지, 누가 거기를 들여다보기나 하겠어? 신께서 특별히 돌봐 주는 것 같은 부러운 곳이지. 아, 그리고 루카 루키치, 당신은 장학관이니까 특히 선생님들에 대해 신경을 쓰라고. 그들은 물론 학자고 이런저런 위원회에서 교육을 받긴 했지만, 교사란 자들이 모두 원래 그 모양인지 행동거지가 영 괴상하단 말이야. 예를 들어, 그 자 말이야, 얼굴이 통통한 친구…… 성은 기억나지 않지만 교단에 올라서기만하면 얼굴을 찡그리는 버릇이 있더라고. 이렇게 말이야. (얼굴을 찌푸린다.) 그러고나선 넥타이까지 자란 턱수염을 쓰다듬기 시작하더군. 물론 학생들 앞에서 그런 낯짝을 하는 건 상관 없지. 어쩌면 그렇게 해야하는 건지도 모르고. 그건 나로선 판단할 수 없는 노릇이야. 하지만 그런 짓거리를 손님에게 했다고 한번 생각해 보게. 그건 아주 안 좋아. 감찰관 나리나 다른 사람이라면 이해할 수 있겠어? 그런 일로 무슨 일이 일어날지 모른단 말이오.

장학관: 그럼 그자를 어떻게 한다죠? 제가 이미 몇 차례 주의를 주긴 했습니다. 요 며칠 전에도 우리 귀족 단장께서 교실을 방문했을 때 생전 본 적도 없는 그런 낯짝을 하고 있는 겁니다. 그자야 별 뜻 없이 그랬겠지만 저는 단장에게 호되게 당했습니다. 왜 젊은이들에게 자유사상 따위를 불어넣느냐고요.

시장: 그리고 역사 담당 교사에 대해서도 한 마디해야겠어. 그자가 똑똑한 건 분명해, 아는 게 굉장히 많더군. 그런데 문제는 강의할 때 제정신인가 싶게 너무 열을 낸다 이거요. 나도 한 번 그자의 강의를 들은 적이 있는데, 아시리아와 바빌로니아에 관해서 얘기할 때에는 괜찮았는데 마케도니아의 알렉산더 대왕에 대해 얘기를 시작하는데, 그자가 어떻게 했는지 차마 입에 담을 수도 없어. 아, 글쎄, 난 불이 난 줄 알았다니까! 그 역사 선생이 느닷없이 교단에서 뛰어내려 오더니만 의자를 바닥에 냅다 내려치더라니까! 그야 물론 알렉산더 대왕은 영웅이지. 하지만 도대체 왜 의자를 부수느냐 말이야? 그건 국고 손실이야.

장학관: 그렇습니다. 그자는 성질이 불같은 사람입니다. 벌써 몇 차례 그 점을 주의시켰습니다만……, '뭐라 말씀하시건 전 학문을 위해서라면 목숨도 아깝지 않습니다.'라고 하니 어쩔 도리가 없지요.

시장: 그래, 그런 게 설명하기 어려운 운명의 법칙이란 거지. 학식 깨나 있다는 인간이 주정뱅이거나 그런 험상궂은 낯짝을 하고 있으니 말이야.

장학관: 장학관 노릇도 정말 못해 먹겠습니다! 모든 걸 다 걱정해야 되거든요. 너나없이 간섭하려 들고 하나같이 똑똑하다는 걸 내세우려 들어요.

시장: 그건 일도 아니야, 이 빌어먹을 감찰관이 문제지! 그가 갑
　　　자기 얼굴을 들이밀고, '모두들 여기 있군! 그래, 여기 판
　　　사가 누구지?' 하고 말하는 거야. '랴프킨탸프킨입니다.'
　　　'그럼 랴프킨탸프킨을 이리 불러와! 그리고 자선기관장은
　　　누구지?' '제믈랴니카입니다.' '그럼 제믈랴니카를 이리
　　　불러와!' 이렇게 되면 큰일이지!

2장

앞 장의 사람들과 우체국장

우체국장: 여러분, 도대체 어떤 관리가 온다는 겁니까?

시장: 아니, 당신은 정말 아무 얘기도 못 들었단 말이오.

우체국장: 표트르 이바노비치 보브친스키에게서 듣긴 들었습니
　　　다……. 그가 조금 전에 우체국에 들렀거든요.

시장: 그래, 당신은 이 일을 어떻게 생각하시오.

우체국장: 어떻게 생각하느냐고요? 터키와 전쟁이 일어날 모양
　　　이지요.

판사: 맞았어! 나 역시 그리 생각했소.

시장: 이런, 두 사람 다 엉뚱한 소리만 하는군!

우체국장: 정말 입니다. 터키와 전쟁을 벌일 겁니다. 이건 모두 프 랑스 놈들이 부린 농간이야.

시장: 터키와 무슨 전쟁을 한다는 거야? 전쟁이 일어나면 피해를 보는 건 우리지 터키 사람들이 아니란 말이야! 이건 이미 다 알려진 사실이야. 나는 이에 대한 서신도 갖고 있다고.

우체국장: 아니, 그렇다면 터키와의 전쟁은 없는 거군요?

시장: 그나저나 우체국장 당신은 어떻게 생각하시오?

우체국장: 제가 어떻게 생각하느냐고요? 당신은 어떻게 생각하 십니까, 시장님?

시장: 내가 어떻게 생각하느냐고? 겁날 건 없지. 상인과 시민들 이 조금은…… 마음에 걸리긴해도. 그자들이 나 때문에 힘들어 한다고 들었는데, 어쩔 수 없지. 설사 내가 누군가 에게 뇌물을 받았다 치더라도 그건 절대로 그자가 미워서 가 아니야. 심지어 나는 이런 생각도 들어. (우체국장 팔을 잡고 옆으로 데리고 간다.) 난 심지어 누군가 나를 밀고한 게 아닌가 생각하고 있거든. 그렇지 않고서야 도대체 뭣 때문에 감찰관이 우리 도시에 오겠나? 이봐, 이반 쿠지미 치, 우리 모두의 이익을 위해 당신네 우체국에 들어오는 편지란 편지는 모조리, 보내는 거든 오는 거든 간에 어떻 게 열어서 읽어 볼수는 없겠나? 그속에 어떤 밀고장이나 정부의 연락문 같은 게 들어 있지 않겠느냐 말이야. 만일

그런 내용이 아니면 도로 붙이면 그만이잖아. 하긴 열린 채로 그냥 보낸들어떠려고.

우체국장: 알고 있습니다. 알고 있어요……. 그런 건 가르쳐 주시지 않아도 됩니다 저는 사실 경계심 때문이라기보다는 호기심 때문에 이미 그런 일들을 하고 있었습니다. 세상에서 일어나는 새로운 일들을 아는 건 정말 흥미로운 일이죠. 편지들이야말로 정말 흥미진진한 읽을거리랍니다. 어떤 편지는 읽으면 참으로 즐거워지기도 합니다. 온갖 이상야릇한 사건들이 다 씌어 있거든요. 실제로 교훈도 되고요……. 〈모스크바 통보〉 신문보다도 낫습니다.

시장: 그래, 어떤가? 페테르부르크에서 온 비밀 관리에 대해선 뭐 읽은 거 없나?

우체국장: 아니요. 페테르부르크에 관한 건 아무것도 없었고, 코스트로마 와 사라토프 에 대해선 많은 얘기가 있습니다. 시장님이 이 편지들을 읽지 못하시니 정말 유감스럽군요. 정말로 훌륭한 대목들이 많습니다. 아, 한 가지 얘기해 드리죠. 얼마 전에 한 중위가 친구에게 보낸 편지에 무도회 이야기를 아주 익살맞게 썼는데……. 참으로, 참으로 훌륭했습니다. '사랑하는 친구여, 난 요즘 천상의 삶을 살고 있다네. 처녀들은 때 지어 모여들고, 음악이 연주되고, 군기가 팔락거리고…….' 감정이 철철 넘쳐흐르더군요. 그래서

저는 일부러 그걸 빼놓았습니다. 원하시면 가져다 읽어드리지요.

시장: 아니야, 지금은 그럴 형편이 못 돼. 이반 쿠지미치, 꼭 좀 부탁하네. 만일 진정서나 밀고장을 발견하거든 이것저것 따지지 말고 없애버려.

우체국장: 기꺼이 그렇게 하겠습니다.

판사: 조심해요. 그런 짓을 일삼다가는 언젠가 된통 혼이 날 수도 있으니……

우체국장: 그렇다면 이거 큰일이군!

시장: 괜찮아, 괜찮아. 만일 당신이 그걸 공개한다든가 하면 문제겠지만 이건 한집안 식구 일이잖아.

판사: 어째 좋지 않은 일이 터진 것 같군! 그런데 시장님, 실은 말입니다, 전 방금 암놈 강아지 한 마리를 선물하려고 댁에 들르려던 참이었습니다. 시장님도 알고 있는 수놈의 누이지요. 그런데 체프토비치와 바르호빈스키가 소송을 일으켰다는 얘기는 들으셨죠? 그래서 저는 요새 무척 신바람이 납니다. 이 사람 저 사람 양쪽 땅에서 토끼 사냥을 할 수 있게 됐으니까요.

시장: 이봐, 지금 내가 자네 토끼 사냥 얘기나 듣고 있을 땐가? 내 머릿속은 그 빌어먹을 감찰관 생각으로 꽉 차 있다고. 금방이라도 문이 홱 열리고 불쑥 들어온다면……

3장

앞장의 사람들, 지주1과 지주2

지주1과 지주2가 숨을 헐떡이면서 등장한다.

지주1: 큰일났습니다!

지주2: 뜻밖의 소식입니다!

모두 다 같이: 뭐야, 뭔데?

지주2: 예기치 않은 일이에요. 저희들이 여관엘 갔는데…….

지주1: (말을 가로채서) 표트르 이바노비치와 함께 여관에 가니까…….

지주2: (말을 가로채면서) 어이, 표트르 이바노비치, 미안하지만 내가 얘기할게.

지주1: 아니야, 미안하지만 내가 해야 돼……. 미안해, 미안하지만 자넨 말재주가 없잖아.

지주2: 자네 말은 앞뒤가 맞지 않는데다 기억도 못하지 않은가 말이야.

지주1: 다 기억할 수 있어. 정말로 다 기억한다니까. 이제 그만 방해하고 내가 얘기하게 해 줘. 그만 좀 방해하란 말이야! 여러분, 표트르 이바노비치가 방해 좀 하지 않게 해 주세요.

시장: 그래, 어서 얘기해 봐. 도대체 무슨 일이야? 답답해 죽겠네.

여러분, 자리에 앉으세요! 의자를 가져와요! 자, 자네들도
여기 앉게.

사람들 지주1과 지주2를 둘러싸고 앉는다.

시장: 그래, 무슨 일이야? 무슨 일인데?

지주1: 가만, 가만히 좀 계세요. 차근차근 다 말씀드릴게요. 그러
니까 시장님이 그 편지를 받아 보시고 안절부절못하시는
걸 보고 전 댁에서 나오자마자 곧장 달려갔습니다…….
표트르 이바노비치, 글쎄, 제발 남의 말을 끊지 말게! 내가
다, 전부 다 알고 있다니까. 그래서 저는, 아시겠어요? 코
로브킨한테 달려갔죠. 그런데 코로브킨이 집에 없어서 이
번엔 라스타콥스키에게로 발길을 돌렸습니다만 라스타콥
스키도 집에 없어서 이반 쿠지미치한테로 갔지요. 당신에
게 편지로 전달된 그 소식을 전하려고요. 거기서 나오다
표트르 이바노비치를 만나…….

지주2: (말을 가로채면서) 빵가게 옆에서.

지주1: 네, 빵 가게 옆에서. 그렇게 표트르 이바노비치를 만나, '자
네 그 소식 들었나? 시장님이 믿을 만한 사람에게서 받은
편지 내용말이야'하고 물었더니 표트르 이바노비치는 그
소식이라면 이미 댁의 하녀 아브도차에게서 들었답니다.

무슨 일인지 모르겠지만 그 하녀가 필립 안토노비치 포체추예프 집에 심부름을 갔다는 거예요.

지주2: (말을 가로채면서) 프랑스산 보드카 통을 가지러 갔죠.

지주1: (지주2의 손을 뿌리치면서) 프랑스산 보드카 통을 가지러요. 그래서 표트르 이바노비치와 함께 포체추예프한테 갔죠……. 이봐, 표트르 이바노비치…… 이 말은…… 끊지 말게, 제발 좀 끊지 말게! 그래서 저희는 포체추예프한테 갔습니다. 그런데 가는 길에 표트르 이바노비치가 '식당에나 들렀다 가세. 배에서…… 아침부터 아무것도 먹지 않았더니 이렇게 꼬르록 소리가 나는군.' 하고 말하지 않겠어요? 정말로 표트르 이바노비치 배에선 꼬르록 소리가 나고 있었습니다. '지금쯤이면 식당에 싱싱한 연어가 들어왔을 테니 그거나 좀 먹고 가세.'하는 거예요. 그래서 저희는 여관에 들어섰는데 그때 갑자기 한 젊은 사람이…….

지주2: (말을 가로채면서) 말쑥한 외모에 사복을 입은…….

지주1: 말쑥한 외모에 사복을 입은 사람이 이렇게 방 안을 거닐고 있지않겠어요? 심각한 얼굴로 말이에요. 생김새하며 움직임하며 그리고 여기가(이마 부근에서 손을 돌린다.) 꽉 차 있는 사람 같았어요. 저는 뭔가 짚이는 데가 있어 표트르 이바노비치에게 '왠지 심상치 않아.' 하고 말했죠. 그래요. 그런데 표트르 이바노비치가 벌써 손가락을 까딱해 여관 주인을, 여관 주인 불라스를 불렀습니다. 그의 마누라는 3주 전에 아기를 낳았지요. 아주 영특한 사내아이라 아비처럼 여관을 잘 꾸려 나갈 겁니다. 표트르 이바노비치는 블라스를 불러 조용히 '누구야, 저 젊은 사람은?' 하고 물었죠. 그러자 불라스가 이렇게 대답하는거예요. '저 사람은……' 이봐, 말 좀 끊지 마, 표트르 이바노비치. 제발 말 좀 끊지 말란 말이야! 자네는 얘기 못해. 정말로 얘기 못한다니까. 자네는 말에 쉬쉬 소리가 섞이잖아. 이 하나가 입 속에서 휘파람 소리를 내잖아……. '저 젊은 분은 관리인데' 그렇습니다, 페테르부르크에서 오신 이반 알렉산드로비치 흘레스타코프라는 관리인데 사라토프로 가는 길이랍니다. 그런데 하는 짓이 아주 이상합니다. 벌써 2주째 묵고 있는데 떠날 생각은 않고, 계산은 모두 장부에 달아 놓고 돈을 한 푼도 안냅니다.' 여관 주인인 불라스가 이렇게 말했을 때 나는 마치 하늘의 계시를 받은 것 같았습니다. 그래서 저는 '이런!' 하고 표트르 이바노비치에게 말했습니다…….

지주2: 아니야, 표트르 이바노비치. '이런!' 하고 말한건 나야.

지주1: 처음에 말한건 자네였지만 그다음에 나도 말했잖아. '이런!'은 표트르 이바노비치와 함께 말했습니다. 그러고 나서 제가 '사라토프에 가야 할 사람이 왜 여기에 주저앉아 있지?'라고 물었습니다. 그렇습니다! 그러니까 그 사람이 바로 그 관리입니다!

시장: 누가? 어떤 관리?

지주1: 시장님이 전갈을 받으셨다는 그 관리, 감찰관말입니다.

시장: (겁에 질려) 당신 무슨 소릴하는거야! 그자는 아니야.

지주2: 바로 그 사람입니다! 돈도 안 내고 가지도 않습니다. 그 사람이 아니라면 도대체 누굽니까? 여행 증명서에도 사라토프행이라고 적혀 있었습니다.

지주1: 그 사람입니다. 그사람이에요. 정말 그 사람은…… 관찰력이 뛰어났어요. 모든 걸 살살이 살피고 있었어요. 제가 표트르 이바노비치와 연어를 먹고 있는 걸 보더니, 표트르 이바노비치가 배가 고프다고해서 먹었지만…… 그래요, 그사람은 우리 접시를 힐끗 바라봤어요. 저는 정말이지 등골이 오싹했습니다.

시장: 주님, 죄 많은 저희들을 용서해 주옵소서! 그래, 그분은 지금 어느 방에 묵고 계신가?

지주2: 층계 밑 5호실입니다.

지주1: 지난 해에 여행 중이던 장교들이 싸움을 벌였던 바로 그 방입니다.

시장: 그래, 여기에 오신지는 오래 됐는가?

지주2: 벌써 2주나 지났습니다. 성 바실리 축일에 왔답니다.

시장: 2주라니! (방백) 오, 이 일을 어찌한다! 성자들이여 도와주소서! 요 2주동안 나는 하사관 부인을 채찍으로 때렸고, 죄수들에겐 먹을 걸 주지 않았는데……. 길거리는 난장판이고…… 부끄럽군, 창피해! (머리를 움켜쥔다.)

자선기관장: 어떻겠습니까, 시장님? 다 같이 여관으로 찾아가는 게.

판사: 아니야, 그건 안 돼! 먼저 시장님이 앞장서고 그리고 성직자, 상인 순으로 가야 합니다. 〈요한 마손의 행적〉이라는 책에도 그렇게…….

시장: 아니야, 아니야 그건 내가 알아서 하겠소. 살면서 어려운 일이 여러 번 있었지만 모두 무사히 넘어갔고, 심지어 고맙다는 말을 듣기도 했으니까. 이번에도 하느님이 도와주시겠지. (지주1에게 얼굴을 돌리면서) 젊은 사람이라고 했나?

지주1: 젊습니다. 스물셋이나 넷 정도 됐습니다.

시장: 그게 오히려 낫지. 젊은 녀석이라면 금세 냄새를 맡을 수 있으니까. 늙은 것들이라면 문제지만 젊은 놈들은 모든 게 다 겉으로 드러나거든. 그럼 나 혼자, 그렇잖으면 이 표트르 이바노비치라도 데리고 산책하는 척하며 여행자들이 불편을 겪고 있진 않나 살펴보러 가겠소. 어이, 스비스투노프!

경찰1: 부르셨습니까?

시장: 지금 가서 경찰서장을 불러오게. 아, 아니야. 나는 자네가 필요해. 어서 가서 누구 딴사람에게 경찰서장을 불러 오라고 시키고 자네는 곧 돌아오게.

경찰1, 후다닥 뛰어간다.

자선기관장: 자, 어서 가세, 암모스 표도로비치! 이거 정말로 한바탕 난리가 나고야 말겠어.

판사: 그런데 자네는 겁날 게 없잖나? 환자들에게 깨끗한 모자만 씌우면 그만일 테니.

자선기관장: 모자가 문제가 아니야! 환자들에게 귀리 수프를 주라는 지시가 내려졌는데, 우리 병원 복도에는 온통 양배추 수프 냄새가 코를 찌른단 말이야. 코를 들고 다닐 수 없을 정도야.

판사: 그리고 보면 난 마음이 편해. 정말이지 누가 시골 재판소에 들르겠나? 그리고 서류는 들여다봐야 따분하기만 할 테고. 난 15년 동안이나 재판석에 앉아 있지만, 조서를 들여다보면 후유, 골치가 아파. 뭐가 진실이고 뭐가 거짓인지 솔로몬 왕이라도 판단할 수 없을 걸.

판사, 자선기관장, 장학관 그리고 우체국장이 퇴장하다가
문 앞에서 돌아오던 경찰1과 부딪힌다.

4장

시장, 지주1, 지주2 그리고 경찰1

시장: 어떻게, 마차는 준비됐나?

경찰1: 준비됐습니다.

시장: 그럼 출발해. 아니야, 잠깐 기다려! 그걸 가지고 와서……
그런데 다른 사람들은 어디 있지? 자네 혼자란 말이야?
내가 프로호로프도 이리 오라고 지시했는데 프로호로프
는 어디 있는 거야?

경찰1: 프로호로프는 경찰서에 있습니다. 하지만 지금은 아무 일
도 할 수 없습니다.

시장: 아니, 왜?

경찰1: 그렇게 됐습니다. 새벽에 거의 시체가 되어 실려 왔는데
물을 두 통이나 끼얹었었는데도 아직까지 술이 깨지 않았습
니다.

시장: (머리를 움켜쥐면서) 으흐, 이런 제기랄! 그럼 빨리 출발해.

아니야, 그 전에 빨리 내 방에 가서, 듣고 있어? 내 칼과 새 모자를 가지고 와. 자, 표트르 이바노비치, 가세!

지주1: 저도, 저도…… 데려가 주십쇼, 시장님!

시장: 아니, 아니야. 표트르 이바노비치, 자네는 안 돼. 안 돼! 자네까지 가면 좀 어색해 마차에 앉을 자리도 없고.

지주1: 괜찮습니다. 괜찮습니다. 저는 그냥 마차를 따라 조심조심 뛰어가겠습니다. 저는 그냥 문틈으로 이렇게 살짝 들여다 보기만 하겠습니다 그분의 행동거지가 어떤지를…….

시장: (칼을 받으면서 경찰1에게) 당장 뛰어가서 방범들을 모아 와. 그리고 그자들에게…… 칼이 어지간히 녹슬었군! 그 망할놈의 장사꾼 아브둘린 녀석, 시장 칼이 낡은 걸 알면서도 새것을 보내지 않다니. 교활한놈들! 그사기꾼들이 어쩌면 몰래 탄원서를 준비하고 있는지도 몰라. 알겠나. 각자 길을 들고…… 제기랄! 길을 들다니. 비를 들고 식당으로가는 길을 모두 쓸라고해. 깨끗이 쓸어야 돼. 알겠나! 그리고 자네, 조심해! 너, 너 말이야! 나는 다 알고 있어. 거기서 우물쭈물하면서 장화 속에다 은수저를 훔쳐 넣었지? 조심해! 나는소식이 빨라! 그리고 장사꾼 체르냐예프와 무슨 짓을 한 거야. 응? 그자가 제복용 옷감을 2아르신이나 주었는데 넌 그걸 몽땅 혼자 먹어 버렸지? 조심해! 분수에 맞게 받아먹어야지! 그만 가 봐!

5장

앞장의 사람들과 경찰서장

시장: 스테판 일리이치! 자네는 도대체 어디로 사라졌나? 어디 한번 말해 보게. 이게 도대체 뭐 하는 거야?

경찰서장: 저는 지금까지 여기 문밖에 있었습니다.

시장: 그래, 그럼 페테르부르크에서 웬 관리가 한 명 왔다는데 자네는 어떻게 조치했나?

경찰서장: 네, 명령대로 했습니다. 경찰 푸고비츠인에게 방범들과 함께 길을 청소하라고 지시했습니다.

시장: 그런데 제르지모르다는 어디에 있지?

경찰서장: 제르지모르다는 소방 호스 차를 타고 갔습니다.

시장: 프로호로프는 취해 있다고?

경찰서장: 취해있습니다.

시장: 왜 그렇게 될 때까지 내버려 뒀나?

경찰서장: 저도 잘 모르겠습니다. 어제 교외에서 싸움이 벌어졌는데 질서를 바로잡으려고 갔다가 취해서 돌아왔습니다.

시장: 아무튼 잘 듣게. 자네는 이렇게 좀 해 줘. 경찰 푸고비츠인은 키가 크니까 모양새를 위해 다리 위에 서 있으라고 하게. 그다음 구둣방 옆에 있는 낡은 담장을 당장 부숴 버리

고 구획 정리를 하는 것처럼 푯말을 세워 둬. 많이 부수면 부술수록 시장이 열심히 일하는 것처럼 보일 테니까. 이런, 깜빡 잊고 있었네! 그 담장 옆에는 달구지 마흔 대 분량은 족히 되는 온갖 쓰레기가 쌓여 있잖아! 정말 형편없는 도시야! 어디든 동상이나 담장을 세우기가 무섭게 어디서 가져오는지도 모르게 쓰레기 더미가 생기거든(한숨을 쉰다). 그리고 만일 그 관리가 '만족스러운가?' 하고 근무 환경에 대해 물어보면 '모든 게 만족스럽습니다, 각하!'라고 대답하게끔 미리 단단히 일러두게. 불만이 있다고 말하는 녀석은 나중에 정말 그렇게 되도록 만들어 줄 테니까…… 오, 오, 호, 호, 흐! 난 죄인이야, 죄가 많은 사람이야(모자 대신에 상자를 집어 든다). 하느님, 제발 한시바삐 이 재난에서 벗어나게 해 주소서. 그러면 아직 아무도 바친 적이 없는 큰 초를 교회에 헌납하겠습니다. 그 교활한 상인들에게 초를 3푸드씩 거둬들이면 될 거야. 아, 큰일은 큰일이야! 표트르 이바노비치, 가세! (모자 대신에 종이 상자를 쓰려고 한다.)

경찰국장: 시장님, 그건 모자가 아니라 상자입니다.

시장: (상자를 내팽개친다.) 상자는 상자로군. 제기랄! 아, 그리고 만일 5년 전에 예산이 집행된 자선 기관의 부속교회가 왜 아직도 다 지어지지 않았냐고 물어보거든 잊지 말고 이렇

게 대답하시오. '짓기 시작했는데 불에 타 버리고 말았습니다.' 나도 그렇게 보고를 올렸으니까 안 그러면 누군가 깜빡 잊고 '그건 아직 시작도 안 했습니다.'라고 무심코 입을 놀릴 거 아니야. 그리고 제르지모르다에겐 너무 함부로 주먹을 휘두르지 말라고 주의를 주게. 그 녀석은 질서를 잡는답시고 죄가 있건 없건 간에 아무에게나 주먹질을 해 대는 버릇이 있단 말이야. 자, 가세 가, 표트르 이바노비치! (나가다 다시 되돌아온다.) 그리고 그 군인들 말이야, 옷을 제대로 입지 않으면 밖에 내보내지 마. 그 지저분한 수비대 병사 녀석은 셔츠 위에 제복을 걸치고 아래에는 아무것도 입지 않더군.

모두 퇴장한다.

6장

시장의 아내와 딸 무대로 뛰어 들어온다.

시장의 아내: 어디 갔지? 다들 어디 간 거야? 아, 이런! (문을 열면서) 여보! 여보! (빠르게 말을 한다.) 모두 네 탓이야

너 때문이라고. '내 핀이, 내 스카프가!' 하고 꾸물대더니. (창문쪽으로 뛰어가 소리친다.) 여보, 어디, 어디 가요? 뭐? 누가 왔다고요? 감찰관? 콧수염이 나셨다고요? 무슨 수염이오?

시장의 목소리: 여보! 나중에, 나중에.

시장의 아내: 나중예요? 나중은 무슨 나중! 난 싫어요, 나중에는…… . 딱 한 마디만 해 줘요. 어떤분이죠? 대령인가요? 네? (멸시하는투로) 가버렸네! 어디 두고보자! 이렇게 된 건모두 너 때문이야. '엄마, 엄마, 잠깐만요. 스카프를 핀으로 꽂기만 하면 돼요. 이제 다 됐어요.'라면서 꾸물댔기 때문이야. 다 됐다는 게 요 모양이냐! 그러다가 필요한 건 하나도 알아내지 못했잖아! 모든게 저주받을 그 교태 때문이란 말이야. 우체국장이 왔다니까 거울 앞에 착 달라붙어서는 이리봤다 저리봤다……. 넌 그사람이 너한테 반했다고 생각하는 모양인데 천만에! 그 사람은 네가 돌아서기만 하면 얼굴을 찌푸리더라.

시장의 딸: 그럼 어떻게 하란 말이에요? 두 시간 뒤면 모든 걸 알 게될텐데 뭘 그래요?

시장의 아내: 두 시간 뒤? 참 고맙구나! 그렇게 대답해 줘서. '한 달 뒤면 더 잘 알 수 있어요.' 하고 말할 생각은 왜 못했니? (창문 밖으로 몸을 내민다.) 이봐, 아브도차! 아브도

차, 너 누구 왔다는 말 못 들었어? 못 들었다고? 어유, 저런 맹추 같은 년! 주인어른이 손을 흔드셨다고? 손을 흔드신 건 흔드신 거고, 넌 이것저것 물어봤어야지. 그런 것도 하나 알아내지 못하고! 머리엔 쓸데없는 생각만 가득하고 줄곧 남자 생각만 하니……. 뭐? 다들 급히 떠났다고? 그럼 너도 마차 뒤를 쫓아갔어야지. 어서, 어서 가 봐. 지금 당장! 알겠어? 당장 뛰어가서 다들 어디로 갔는지 알아보란 말이야. 그리고 잘 물어 봐, 어떤 사람이 왔는지, 어떻게 생긴 사람인지. 알겠어? 문틈으로 들여다보고 다 알아 오란 말이야. 눈색깔이 검은지 어떤지……. 그러고선 당장 돌아와! 알겠니? 빨리, 빨리, 빨리! (막이 내릴 때까지 외친다. 막이 내려오면서 창가에 서 있는 두 사람을 가린다.)

2막

여관의 조그만 방 침대, 탁자, 트렁크, 빈 병 장화, 옷솔 그리고 그밖의 것들

1장

오시프, 주인의 침대 위에 누워 있다.

오시프: 제기랄! 배가 고파 죽겠군. 배속에선 연대 병사들이 한꺼번에 나팔을 불어 대는 것처럼 쪼르륵 소리가 나잖아. 이래 가지고는 도저히 집에 못 돌아갈 것 같아. 주인나리는 대체 어쩔 작정이지? 페테르부르크를 떠나온 지도 벌써 두 달째잖아! 이 양반, 오는 길에 돈은 다 털어먹고 이젠 여기 틀어박혀 꼼짝 않고 있으니……. 게다가 또 무사태평이야. 아무리 그래도 그렇지, 마차 삯 정도는 남겨 뒀어야지. 그런데 이 양반은 그게 아니야. 가는 곳마다 허세를 부려대는 꼴이라니. (주인의 말투를 흉내 낸다.) '이봐, 오시프, 가서 방 좀 보고 와. 가장 좋은 방으로. 그리고 음식도 최고급으로 주문해. 난 맛없는 음식은 먹지 못하니까. 나는 가장 훌륭한 식사가 필요해.' 정말이지, 좀 괜찮은 관직이면 몰라. 겨우 말단 서기 주제에 말이야! 오가다 사람

만 사귀면 으레 카드놀이를 하질 않나, 그래서 몽땅 털리기나 하고! 아, 이젠 이 생활도 지겹다! 사실 시골이 더 나아. 비록 재미는 없어도 걱정은 덜 하잖아. 마누라라도 하나 얻어서 평생 침대에서 뒹굴거리며 빵이나 뜯어 먹고 있으면 될 텐데……. 하긴 아니라고는 못 하지. 사실대로 말하자면 페테르부르크에서 사는 게 좋긴 하니까. 돈만 있으면 세련되고 우아한 생활을 즐길 수 있잖아. 극장에선 개들도 춤을 춰 보이는 판이고, 바라는 건 뭐든지 다 있지. 말투는 또 다들 얼마나 세련됐는지, 귀족과 다를 바 없어. 시장에 가면 장사치들도 나를 '나리!'하고 부르고, 나룻배를 타도 내 옆엔 관리 나리들이 앉아 있고, 말 상대가 필요하면 가게에 나가면 된단 말씀이야. 그러면 장사꾼이 기병 장교가 그 가게에서 야영했던 얘기도 해 주고, 하늘에 있는 별들에게 어떤 뜻이 있는지 손바닥 들여다보듯 설명해 주지. 그리고 무엇보다 가게에는 대개 나이 많은 장교 마누라가 들르지만 가끔은 썩 괜찮은 하녀도 눈에 띄니까……. 흐흐흐! (껄껄 웃으며 고개를 흔든다.) 사람을 대하는 태도는 또 얼마나 정중한지! 상스러운 말이란 좀처럼 들을 수 없고 내게도 다들 존댓말을 쓰잖아. 걷기가 귀찮으면 마차를 불러 상전처럼 올라타고 있으면 되고, 돈을 내기 싫으면…… 그것도 어렵지 않지. 어느 집이

나 빠져나갈 문은 있으니까. 잽싸게 움직이기만 하면 절
대 붙잡힐 일은 없지. 그런데 한가지 안 좋은 건 기분 좋게
포식할 때도 있지만 어떤 땐 굶어 죽을 지경이거든. 마치
지금처럼 말이야. 그런데 이게 모두 우리 나리 잘못이거
든. 정말 어쩔 수 없는 양반이라니까! 마님께서 돈을 부쳐
주시면 그걸 어떻게든 아껴 써야 할 텐데 마구 돈을 뿌리
고 다니니 말이야. 마차만 타고 다니고 날마다 술집에나
들락거리고, 그러다 일주일만 지나 보라지. 새 프록코트를
중고 시장에 내다 팔아야 하는 신세가 된단 말이야. 어떤
땐 입고 있던 셔츠까지 팔아, 이 양반 몸에 외투만 남은 적
도 있었지. 이건 정말이야! 그 프록코트는 옷감이 정말 좋
은 영국제여서 한 벌에 족히 150루블은 하고도 남지. 하지
만 시장에 가져가면 20루블밖에 못 받아 내니……. 더구
나 바지는 그저 헐값에 넘겨야하지. 그런데 왜 그래야 되
냐고? 그야 일을 하지 않으니까 그렇지. 근무지에는 나가
지 않고 거리를 어슬렁거리며 돌아다니고 카드놀이나 하
니까 그렇지. 에이, 이 일을 영감마님께서 아셨다면! 아들
이 관리건 뭐건 상관하지 않고 옷소매를 걷어붙이고 냅다
후려갈겨 한나흘쯤은 볼기짝을 쓰다듬고 다니게 만들어
줄 텐데. 관리면 관리답게 일을 해야지. 거 봐, 이젠 여관
주인도 돈을 주지 않으면 더 이상 먹을 것을 주지 않겠다

잖아. 그나저나 돈을 못 내면 어쩌지? (한숨을 쉰다.) 에이, 형편없는 놈! 하다 못해 양배추수프라도 줘야지. 지금 같아선 세상을 몽땅 먹어 치울수도 있을 것 같아. 누가 문을 두드리네. 우리 나리께서 오셨나 보군. (얼른 침대에서 뛰어내린다.)

2장

오시프와 흘레스타코프

흘레스타코프: 자, 이것 좀 받아. (모자와 지팡이를 건넨다.) 또 침대 위에서 뒹굴고 있었나?

오시프: 제가 왜 뒹굴어요? 아니, 제가 침대를 처음 보는 줄 아세요?

흘레스타코프: 거짓말하지 마. 뒹굴고 있었어. 이것 봐, 이불이 모두 구겨졌잖아!

오시프: 아니, 침대가 제게 무슨 소용입니까? 그래, 제가 침대가 어떤건지도 모르는 줄 아세요? 전 이 두 다리가 있습니다. 전 서 있었어요. 무엇 때문에 제가 나리 침대를 쓰겠어요?

흘레스타코프: (방안을 걸어다닌다.) 어이, 거기 봉지 속에 담배

있나 좀 봐.

오시프: 담배요? 그런 게 어디 있습니까? 다 피워 버리신 지 나흘이나 됐습니다.

흘레스타코프: (입술을 이런저런 모양으로 씰룩거리며 방 안을 왔다 갔다 한다. 그러다 크고 확신에 찬 목소리로 말한다.) 어이, 오시프. 내 말 좀 들어 봐.

오시프: 무슨 말씀인가요?

흘레스타코프: (크기는 하지만 확신이 없는 목소리로) 거길 갔다 오게.

오시프: 어딜요?

흘레스타코프: (전혀 확신에 차지도 크지도 않게, 거의 사정하는 목소리로) 아래층 식당에……. 가서 얘기 해, 식사를 갖다 달라고.

오시프: 전 안 가겠어요. 가고 싶지 않아요.

흘레스타코프: 뭐가 어째! 이 바보 같은 놈이!

오시프: 그게 그렇습니다. 어차피 마찬가지예요. 설사 간다고 해도 아무 소용이 없다고요. 주인이 더 이상 식사를 못 주겠다고 딱 잘라 말했습니다.

흘레스타코프: 아니, 어째서 식사를 못 주겠다는 거야. 감히! 그런 엉터리가 어디 있어?

오시프: 그리고 또 이런 말도 했습죠. '시장한테 찾아가겠어. 네

주인이 3주째 돈을 내지 않았다고 고해바치겠어. 네놈이
나 상전이나 다 사기꾼이야. 특히 네놈 주인은 협잡꾼이
야. 우리야 늘 이따위 건달패나 불한당을 봐서 잘 알지.'

흘레스타코프: 망할 녀석, 그래 기분이 좋으냐? 그런 얘기를 곧이
곧대로 내게 전하니까?

오시프: 이런 말도 했습니다. '별별 녀석들이 다 몰려와 실컷 먹
고 자고는 빚을 못 갚게 되면? 그다음엔 내쫓을 수도 없잖
아. 농담이 아니라, 유치장이든 감옥이든 처넣으라고, 지
금 당장 시장에게 고발할 거야.'

흘레스타코프: 그래, 그래, 이 바보야. 됐어, 그만 해! 얼른 가서 식
사나 달라고 해. 그 무식한 짐승같은 놈한테!

오시프: 그럼 차라리 주인을 이리 데리고 오겠습니다.

흘레스타코프: 주인은 뭐 하러 불러와? 네가 직접 가서 말해.

오시프: 하지만 나리! 정말로⋯⋯.

흘레스타코프: 갔다 오라는데도 이 망할 놈이! 그럼, 주인을 불러
와.

오시프, 퇴장한다.

3장

흘레스타코프 혼자서

흘레스타코프: 어지간히 배가 고픈걸! 조금 돌아다니면 시장기가 가실 줄 알았는데…… 웬걸, 제기랄! 그것도 아니잖아. 펜자에서 술만 퍼마시지 않았어도 집에 갈 돈은 남았을 텐데. 그 보병 대위 녀석한테 완전히 당했어. 교활한 놈! 카드 솜씨가 여간 놀라운 게 아니야. 기껏해야 15분쯤 앉아 있었는데 몽땅 털리고 말았으니. 하지만 그자와 다시 한 번 겨뤄 보고 싶단 말이야. 기회만 생겨 봐. 이 망할놈의 도시! 이젠 채소가게에서도 외상을 주지 않으니……. 정말 치사해 (처음에는 〈로베르트〉라는 노래에서 한 구절을, 그다음에는 〈어머니, 전 시집가고 싶지 않아요〉라는 노래를, 마지막으로는 이도저도 아닌 노래를 흥얼거린다.) 어떻게 된 거야? 아무도 오질 않잖아.

4장

흘레스타코프, 오시프 그리고 여관 하인

여관 하인: 주인이 무슨 일인지 가 보라고 해서 왔습니다.

흘레스타코프: 어이, 자넨가! 별일 없었나?

여관 하인: 네, 덕분에……

흘레스타코프: 그래 뭐, 여관은 어떤가? 장사는 잘 되고?

여관 하인: 네, 덕분에 잘되고 있습니다.

흘레스타코프: 손님은 많나?

여관 하인: 네, 꽤 많습니다.

흘레스타코프: 그런데 여보게, 여긴 아직 식사를 갖다 주지 않았어. 좀 빨리 가져오게. 난 식사를 끝내고 볼 일이 있으니까.

여관 하인: 우리 주인께서 더 이상은 식사를 드릴 수 없다고 했습니다. 오늘은 무슨 일이 있어도 시장님한테 고발하러 가겠답니다.

흘레스타코프: 도대체 무엇을 고발하겠다는 건가? 여보게, 자네도 한번 생각해 보게. 어쩌겠는가? 나도 뭘 좀 먹어야 하지 않겠나? 이러다가 말라 죽겠어. 지금 농담하는 게 아니야.

여관 하인: 그러시겠죠. 하지만 주인은 '밀린 외상값을 받기 전에는 식사를 줄 수 없다.'고 했는 걸요.

흘레스타코프: 그러니까 자네가 주인을 설득해 봐. 잘 좀 말해 보라고.

여관 하인: 뭐라고 말하죠?

흘레스타코프: 내가 식사를 해야 한다는 걸 진지하게 얘기해 봐.

돈이야 저절로……. 그놈은 자기가 하루쯤 굶어도 괜찮
으니까 남도 똑같은 줄 아는군. 원, 어처구니가 없어서!

여관 하인: 그럼 그렇게 말해 보겠습니다.

5장

흘레스타코프 혼자서

흘레스타코프: 그나저나 그자가 정말로 먹을 걸 주지 않으면 이
거 큰일인데. 이렇게 배가 고픈 건 생전 처음이야. 그럼 옷
가지라도 팔아 볼까? 바지라도 팔아야 하나? 아니야, 배
가 좀 고프더라도 페테르부르크에서 입던 옷을 입고 집에
돌아가는 편이 훨씬 낫지. 이오힘이 마차를 빌려 주지 않
은 게 유감스럽지만. 제기랄, 마차를 타고 집에 돌아가면
오죽이나 좋아! 이웃인 지주의 현관으로 램프가 달린 마
차를 몰고 당당하게 들어가면 얼마나 좋으냐 말이야. 제
복을 차려입은 오시프를 뒤에 세우고 말이야. 모두들 어
지간히 놀라겠지. '누구야, 저게 뭐야?' 하고 말이지. 그러
면 오시프가 들어가서 (몸을 곧추 세우고 하인 흉내를 내
면서) 페테르부르크에서 오신 이반 알렉산드로비치 흘레

스타코프 씨입니다. 면회하실 수 있겠습니까?'라고 말하지. 하지만 놈들은 얼간이들이어서 '면회하실 수 있겠습니까?'가 무슨 말인지도 모를거야. 너절한 시골 지주들은 무턱대고 곰처럼 곧장 응접실로 뛰어들 테니까. 그러면 나는 아리따운 그 집 따님 곁으로 다가가서 '아가씨, 저는 얼마나…….' (두 손을 비비고 발꿈치와 발꿈치를 가볍게 부딪치며 경례를 한다.) 퉤! (침을 뱉는다.) 이제는 어찌나 배가 고픈지 구역질이 다 나는군!

6장

흘레스타코프, 오시프 그리고 여관 하인

흘레스타코프: 그래, 어떻게 됐나?

오시프: 식사를 가져옵니다.

흘레스타코프: (손뼉을 치고서 의자에서 살짝 일어난다.) 가져온다! 가져온다! 식사를 가져온다!

여관 하인: (접시와 냅킨을 들고) 주인께서 이게 마지막이라고 하십니다.

흘레스타코프: 자넨 말 끝마다 주인, 주인하는데…… 난 자네 주

인 따위는 아랑곳하지 않아, 알아? 그런데 그게 뭐지?

여관 하인: 수프와 스테이크입니다.

홀레스타코프: 아니, 딱 두 접시뿐인가?

여관 하인: 예, 이것밖에 없습니다.

홀레스타코프: 아니, 이런 엉터리가 어디 있어? 이럴 순 없어. 주인
한테 가서 말해. 이게 도대체 뭐냐고……. 이건 너무 적잖아!

여관 하인: 주인은 이것도 많다고 하던데요.

홀레스타코프: 그런데 소스는 왜 없어?

여관 하인: 소스는 없습니다.

홀레스타코프: 없긴 왜 없어? 주방 옆을 지나오면서 먹을 게 널려
있는 걸 내 눈으로 직접 봤는데. 그리고 오늘 아침에 보니
까 식당에서 땅딸막한 사람 둘이 연어니 뭐니 해서 잔뜩
먹고 있던대.

여관 하인: 예, 그야 그랬는지 모르지만 어쨌든 없습니다.

홀레스타코프: 어째서 없다는 거야?

여관 하인: 어쨌든 이젠 없습니다.

홀레스타코프: 연어니 생선이니 커틀릿은?

여관 하인: 예, 그런 건 좀 더 높으신 분들에게 드리는 겁니다.

홀레스타코프: 아니, 이런 바보 같은 자식!

여관 하인: 예, 그렇습니다.

홀레스타코프: 이 추잡한 돼지 새끼가……. 그놈들은 먹는데 왜

난 못 먹는다는 거야? 제기랄! 내가 어째서 그놈들처럼 먹을 수 없단 말이냐고! 그놈들이나 나나 지나가는 손님인 건 마찬가지 아냐?

여관 하인: 예, 당연히 마찬가지가 아니죠.

흘레스타코프: 어떤 놈들이기에?

여관 하인: 아주 평범한 분들이죠! 분명한 사실은 그분들은 돈을 낸다는 거죠.

흘레스타코프: 이런, 바보 같은 녀석. 나는 네놈과 실랑이를 벌이고 싶지 않아(수프를 따라서 먹는다). 이게 무슨 수프야? 맹물을 그냥 컵에 떠 왔군. 아무 맛도 없고 이상한 냄새만 나잖아. 이따위 수프는 필요 없어. 가서 딴걸 가져와.

여관 하인: 그럼 가져가지요. 먹기 싫으면 그만두시라고 주인께서 말씀하셨습니다.

흘레스타코프: (손으로 음식을 감싸며) 알았어, 알았어……. 그냥 놔 둬, 이 바보야! 네놈은 늘 그따위로 사람들을 대하는지 모르겠지만 나는 보통 사람들과는 달라! 나한테는 그러면 안 돼……. (먹는다). 제기랄 무슨 수프가 이래! (계속 먹는다.) 이런 수프를 먹어 본 사람은 이 세상에 아무도 없을 거야. 버터 대신 깃털 같은 것이 둥둥 떠 있군(닭고기를 자른다). 이런, 이런! 무슨 닭고기가 이 모양이야! 스테이크 좀 줘 봐! 거기 수프가 좀 남았으니 오시프, 자네가

먹게(고기를 자른다). 무슨 스테이크가 이래? 이건 스테이크가 아니야!

여관 하인: 그럼 뭔가요?

흘레스타코프: 뭔지 알 게 뭐야! 아무튼 스테이크는 아니야. 이건 쇠고기가 아니라 도낏자루를 구어 놓은 것 같군(먹는다). 사기꾼 같은 놈, 불한당 같으니라고. 이런 걸 먹으라고 주다니! 이런 건 한 점만 먹어도 턱이 남아나질 않겠어 (손가락으로 이를 쑤신다). 제기랄! 이건 완전히 나무껍질이잖아. 뽑아낼 수가 없네. 이런 걸 먹다간 이까지 새까맣게 될 거야. 악당 같은 놈들! (냅킨으로 입을 닦는다.) 더 없나?

여관 하인: 없습니다.

흘레스타코프: 이 날도둑놈들아! 비열한 놈들아! 소스나 빵은 있어야지! 건달 같은 놈들! 손님들을 그저 벗겨 먹으려고만 들다니!

여관 하인, 식탁을 정리하고 오시프와 함께 접시를 가지고 나간다.

7장

흘레스타코프, 잠시 뒤 오시프가 등장한다.

흘레스타코프: 젠장, 먹은 것 같지도 않네. 이제 막 식욕이 생길 참이었는데 말이야. 잔돈이라도 있으면 시장에 가서 빵이라도 사 오라고 하겠지만..….

오시프: (방으로 들어오면서) 무슨 일인지 몰라도 밖에 시장이 와서 나리에 대해 꼬치꼬치 캐묻고 있습니다.

흘레스타코프: (깜짝 놀라) 이거 큰일 났군! 그 빌어먹을 주인 녀석이 그사이에 벌써 고발한 거야! 정말로 감옥에 처넣으면 어떡하지? 무슨 일이야 있겠어? 내가 점잖게 나간다면…… 아니야, 아니야, 그럴 수 없어! 시내엔 장교들과 사람들이 돌아다니고 있잖아. 난 괜히 우쭐거리며 어느 장사꾼 딸에게 눈짓도 보냈는데……. 안 돼, 안 돼. 그런데 그자가 뭔데 감히 나를! 내가 어때서? 내가 뭐 장시꾼이나 직공 따위 줄 아나? (기운을 내려는 듯 자세를 바로잡는다.) 그자에게 대놓고 말해야지. '당신이 뭔데 감히, 어떻게 당신이……'.

방 문 손잡이가 돌아간다. 흘레스타코프는 새파랗게 질려 몸을 움츠린다.

8장

시장, 방으로 들어오자마자 제자리에 선다. 둘 다 겁에 질려 눈을 휘둥그렇게 뜨고 한참 동안 서로를 쳐다본다.

시장: (마음을 좀 가라앉힌 뒤 두 팔을 쭉 펴서 바지 재봉선을 따라 붙인 채) 안녕하십니까!

흘레스타코프: (고개를 숙이며) 안녕하십니까…….

시장: 실례하겠습니다.

흘레스타코프: 천만에…….

시장: 저는 이 도시의 시장으로서 손님들과 귀하신 분들에게 혹여 어떤 불찰이라도 있지 않나 살펴보는 게 의무라서…….

흘레스타코프: (처음에는 말을 약간 더듬거리더니 끝머리에 가서는 큰 소리로 말한다.) 그래요. 제가 어떻게 하겠습니까? 제가 잘못한 건 아닙니다요……. 정말로 돈은 낼 겁니다.….. 시골에서 곧 돈을 부칠거니까요. (지주1, 문틈으로 들여다본다.) 잘못한 건 주인이에요. 통나무처럼 딱딱한 쇠고기를 내놓지 않나. 수프엔 뭘 처넣었는지 알 수 없을 정도여서 난 하는 수 없이 그걸 창밖으로 내던졌습니

다. 그자는 벌써 며칠째 아주 날 굶겨 죽일 작정인지…….
차도 여간 희한하지 않습니다. 비릿한 생선 냄새가 나서
차라고 할 수도 없어요. 도대체 뭣 때문에 내가…… 나 참,
어이가 없어서!

시장: (겁을 내면서) 죄송합니다. 정말이지 제 잘못이 아닙니다.
이곳 시장엔 늘 좋은 쇠고기만 갖다 놓습니다. 홀모고르
이 지방 상인들이 가져오는데 정직하고 믿을 만한 사람들
입니다. 그런데 이 집 주인은 어디서 그런 고기를 가져왔
는지 모르겠습니다. 혹시 마음에 안 드시면…… 저와 함
께 다른 집으로 옮기시는 건 어떠신지요?

흘레스타코프: 아닙니다. 싫습니다! 난 다른 집이라는 게 뭘 말하
는지 압니다. 그러니까 감옥을 말하는 건가요? 당신이 무
슨 권리로, 어떻게 당신이 감히! 나로 말할 것 같으면……
난 페테르부르크에서 일하고 있습니다. (용기를 내서) 난,
난 말이오…….

시장: (방백) 이런, 어지간히 화가 났군! 모두 다 알고 있는 모양
이야. 그 빌어먹을 장사꾼 놈들이 지껄여 댄 게 분명해!

흘레스타코프: (기운차게) 그래요. 당신이 부하들을 모두 여기에
데려온다 해도 난 가지 않겠소! 내가 직접 장관을 찾아가
겠습니다! (주먹으로 탁자를 내려친다.) 당신이 뭔데? 당
신이 뭐냐 말이야!

시장: (자세를 바로잡고 온몸을 와들와들 떨면서) 용서하십시오. 살려주세요! 부인과 어린 자식들이 있습니다. 절 불행한 인간으로 만들지 말아 주십쇼.

흘레스타코프: 아니요, 난 싫습니다! 이건 또 무슨 말이야. 당신에게 처자식이 있는 거랑 나랑 무슨 상관인데? 그 때문에 내가 감옥에 가야 한다고? 그것 참 훌륭한 소리군!

　　　지주1, 문틈으로 들여다보고 있다가 놀라서 숨어 버린다.

흘레스타코프: 아니요, 됐어요. 무척 고마운 말씀이지만, 가지 않겠소!

시장: (벌벌 떨면서) 경험이 없어서, 정말 경험이 없어서 그랬습니다. 그리고 형편이 좀 안 좋아서 ……. 정부 봉급으론 사실 차와 설탕을 사기도 모자랍니다. 설령 뇌물이 있었다 치더라도 아주 작은 것들입니다. 식탁에 올려놓을 것이나 옷 한 벌 정도죠. 그리고 제가 장사를 하던 하사관의 아내를 후려치기라도 한 것처럼 소문이 떠도는데 그건 중상모략, 네, 중상모략입니다. 정말로 그건 저를 헐뜯는 자들이 꾸며 낸 얘깁니다. 그 작자들은 제 목숨까지도 빼앗을 태세지요.

흘레스타코프: 그래서 어쩌겠다는 거요? 나는 그런 자들에게 아

무 볼일이 없어요. (골똘히 생각하다가) 한데 난 당신이 왜 헐뜯는 사람이 어떻고, 하사관 아내가 어떻고 하는 얘기를 하는지 모르겠습니다. 하사관 부인이야 어땠는지 모르지만 당신은 나를 감히 후려치지는 못할 겁니다. 어림도 없지. 아시겠소? 조심하는 게 좋을거요! 돈이야 내면 되지, 낸다니까! 하지만 지금 당장은 없어요. 한푼도 없다고요. 그래서 지금 여기에 이렇게 주저앉아 있는 겁니다.

시장: (방백) 야, 제법 머리를 쓰는데……. 무슨 소린지 알쏭달쏭한 말만 해 대는군. 누구든 이 수수께끼를 풀어 보라고! 어디부터 손을 대야할지도 통 알 수가 없네. 어쨌든 한 번 해 보는 수밖에 별도리가 없지. 될 대로 되라지! 닥치는 대로 한번 해 보는거야. (소리 내서) 만일 돈이라든가 그 밖에 필요한 것이 있으면 당장에라도 구해 드릴 수 있습니다. 여행 중인 손님을 돕는 게 제 의무죠.

흘레스타코프: 아, 그래요. 그렇다면 제게 돈을 좀 빌려 주십시오. 그러면 지금 당장 여관 주인과 계산을 끝내겠습니다. 2백 루블 정도만 있으면 되는데, 아니면 더 적어도 상관없습니다.

시장: (지폐를 내밀며) 정확히 2백 루블입니다. 세실 필요도 없습니다.

흘레스타코프: (돈을 받으며) 정말로 고맙습니다. 돈은 시골에서

당장 부쳐 드리겠습니다. 워낙 갑작스러운 일이 어서…….
당신은 참 훌륭한 분이시군요. 그렇다면 이제 문제가 달
라지죠.

시장: (방백) 휴, 다행이야! 돈을 받았어. 이젠 일이 순조롭게 풀
릴 것 같군. 2백 루블 대신에 4백 루블을 쥐어 줬거든.

흘레스타코프: 어이, 오시프!

오시프가 들어온다.

흘레스타코프: 여관집 하인을 불러와! (시장과 지주2에게) 그런
데 왜들 그렇게 서 계십니까? 자, 어서 자리에 앉으세요.
(지주2에게) 제발 부탁입니다, 앉으시죠.

시장: 괜찮습니다. 우리는 그냥 이렇게 서 있겠습니다.

흘레스타코프: 아닙니다. 그러지 말고 좀 앉으세요. 이제야 당신이
솔직하고 친절한 사람이란 걸 잘 알겠습니다. 솔직히 전
당신이 여기 온 까닭이 나를…… (지주2에게) 앉으세요.

시장과 지주2 앉는다. 지주1, 문틈으로 들여다보며 귀를 기울인다.

시장: (방백) 이거 좀 더 대담하게 나가야겠는걸. 이 양반이 끝까
지 자기 정체를 감추려고 하는데……. 좋아, 그렇다면 어

디 한번 맞장구를 쳐 볼까? 우리도 이 양반이 어떤 사람인지 전혀 모르는 것처럼 시치미를 뚝 떼는 거야. (소리 내어) 저는 바로 여기, 이 지방 지주인 표트르 이바노비치 도브친스키 씨와 함께 일을 보러 여기저기 돌아다니다가 여행객들을 잘 대접하고 있는지 어떤지를 살필 양으로 일부러 이 여관에 들렀습니다. 저는 모든 일에 무관심한 다른 시장들과는 다르기 때문이죠. 그리고 저는 일 말고도 기독교의 박애 정신에 따라 모든 사람에게 친절을 베풀고자 하는 사람입니다. 그래서 그랬는지 마치 상이라도 받은 듯 오늘 이렇게 즐거운 만남을 가지게 됐군요.

흘레스타코프: 저 역시 무척 기쁩니다. 솔직히 말해 당신이 아니었으면 여기에 오랫동안 눌러앉아 있어야 할 뻔했습니다. 어떻게 돈을 내야할 지 막막했거든요.

시장: (방백) 이거, 말하는 것 좀 보게. 어떻게 돈을 내야할 지 막막했다고? (큰 소리로) 실례지만 어디로, 어떤 곳으로 가시는 길인지 여쭤봐도될까요?

흘레스타코프: 사라토프에 있는 영지로 가는 길입니다.

시장: (방백, 비꼬는 표정으로) 사라토프라! 낯빛 하나 달라지지 않는군. 오, 어지간히 조심하지 않으면 안 되겠는걸 (큰 소리로) 그것 참 좋은 생각이십니다. 사실 여행이란 게 생각하기 나름이죠 도중에 말을 갈아타기 위해 기다려야 하는

불편함도 있지만, 다른 한편으론 머리를 식힐 수 있는 휴식이기도 하죠. 아마도 취미로 여행을 하시는 것이겠죠?

흘레스타코프: 아닙니다. 아버님께서 오라고 하셔서요. 여태 페테르부르크에 있으면서도 관등이 전혀 오르지 않으니까 아버님께서 화가 나신 겁니다. 아버님께서야 페테르부르크에 가기만 하면 블라디미르 훈장 을 단춧구멍에 달아 주는 걸로 생각하시지만 그렇지가 않죠. 아버님께 직접 관청 근무를 한번 해 보시라고 해야 할 것 같아요.

시장: (방백) 저것 좀 보게, 허풍도 이만저만 아니군! 이젠 늙은 아버지까지 끌어들여서는⋯⋯. (큰소리로) 그럼 사라토프에 꽤 오래 머무르시겠네요?

흘레스타코프: 사실 잘 모르겠습니다. 아버님이 워낙 완고하신 데다 통나무처럼 융통성이 없는 노인네거든요. 하지만 저는 '마음대로 하시죠 전 어쨌든 페테르부르크에서 살겠습니다.'라고 분명히 말할 작정입니다. 사실이지 시골에서 인생을 허비할 까닭이 있습니까? 요즘 세상은 그런 게 필요하지 않죠. 나는 문명을 간절히 바라는 사람입니다.

시장: (방백) 말을 잘도 만들어 내는군! 새빨간 거짓말을 저리 술술 해 대다니! 어지간히 볼품없고 조그만 녀석이, 손톱 하나로도 짓이겨 버릴 수 있는 게 말이야. 그래, 어디 좀 두고 보자. 내게 다 털어놓게 될 테니까. 그럼 이자가 말문을

좀 더 열도록 해볼까! (큰 소리로) 제대로 지적하셨습니다. 시골 구석에서 할 일이 뭐가 있겠습니까? 사실은 여기도 마찬가지입니다. 나라를 위해서 무엇 하나 아끼지 않고 밤잠도 못 자고 노력해도 언제쯤 포상을 받게 될지 알 수 없죠. (방 안을 이리저리 둘러 본다.) 그런데 방이 좀 눅눅한 것 같습니다.

흘레스타코프: 더럽기 짝이 없는 방입니다. 게다가 빈대도 있는데, 이런 빈대는 본 적이 없습니다. 개처럼 물어뜯습니다.

시장: 이런! 당신 같이 교양 있는 분께서 이런 고생을 하시다니! 그따위 세상에 태어날 필요도 없는 하찮은 빈대때문에……. 게다가 이 방은 어둡기까지 한 것 같습니다.

흘레스타코프: 그래요. 아주 어두워요. 주인 녀석이 촛불을 주지 않는 게 예사지요. 이따금 뭘 좀 하려고 하면, 그러니까 책을 읽거나 뭔가 글을 쓰고 싶어도 도대체 할 수가 없어요. 어두워, 어두워서 말이죠.

시장: 감히 이런 말씀을 드리긴 대단히 송구합니다만…… 아니, 저는 그럴 자격이 없습니다.

흘레스타코프: 뭔데요?

시장: 아니에요, 아닙니다. 그럴자격이 없습니다.

흘레스타코프: 도대체 뭔데요?

시장: 그럼 염치불구하고 말씀드리겠습니다……. 저희 집에 아담

한 방이 하나 있는데, 밝고 조용하고…… 하지만 이건 너무나 분에 넘치는 영광이라고 생각합니다……. 제발 화를 내지 말아 주십시오. 정말 사심 없이 말씀드린 겁니다.

홀레스타코프: 아닙니다. 저야 기꺼이……. 이따위 여관보다야 개인 집이 훨씬 낫죠.

시장: 이거 정말로 기쁩니다. 제 아내도 기뻐할 겁니다. 제 성격이 원래 그렇습니다. 아주 어릴 때부터 손님 접대를 좋아했어요. 특히 손님이 교양 있는 분일 경우엔 말할 것도 없고요. 아부하느라 이런 말씀을 드린다고는 생각하지 마십시오. 저는 그런 짓을 할 줄도 모릅니다. 너무 감격한 나머지 이렇게 말씀드리는 겁니다.

홀레스타코프: 참으로 감사합니다. 나 역시 속 다르고 겉 다른 사람을 좋아하지 않습니다. 당신의 그 솔직하고 친절한 점이 무척 마음에 드는군요. 나도 솔직히 말하자면 남들에게 별로 바라는 게 없습니다. 그저 신뢰와 존경을 보여 주기만 하면 됩니다. 존경과 신뢰말이죠.

9장

앞 장의 사람들

오시프가 여관 하인을 데리고 온다. 지주1, 문틈으로 들여다본다.

여관 하인: 부르셨습니까?

흘레스타코프: 그래, 계산서를 가져오게.

여관 하인: 이미 두 번째 계산서를 드렸는데요.

흘레스타코프: 그따위 엉터리 계산서를 내가 어떻게 기억해! 말해
봐, 얼마였지?

여관 하인: 첫 날은 점심을 시키셨고, 다음 날엔 연어를 잡수셨고,
그다음부터는 모두 외상입니다.

흘레스타코프: 이런 멍청한 놈! 또 하나하나 계산하기 시작하는
것 좀 봐. 모두 얼마냐 말이야?

시장: 그런 건 신경 쓰지 마십시오. 나중에 계산하셔도 됩니다.
(하인에게) 나가봐! 돈은 보내 줄테니.

흘레스타코프: 아닌 게 아니라 그게 좋겠군.

여관 하인은 퇴장하고, 지주1은 문틈으로 계속 들여다본다.

10장

시장, 흘레스타코프, 지주1, 지주2

시장: 그럼 이제 저희 도시에 있는 몇몇 기관을 한번 둘러보시는 게 어떠실지요? 자선 병원이나 아니면 다른 시설들을…….

흘레스타코프: 거기 뭐가 있는데요?

시장: 그냥 한번 둘러보시죠. 저희들이 어떻게 일하는지, 규율은 어떤지…….

흘레스타코프: 그러죠. 그렇게 합시다.

지주1, 문으로 고개를 내민다.

시장: 그리고 또 괜찮으시다면 학교로 가서 수업이 어떻게 이루어지는지 한 번 직접 보시죠.

흘레스타코프: 그러죠. 그렇게 합시다.

시장: 그다음, 원하신다면 이곳 유치장과 감옥에 가서 죄수들이 어떤 대우를 받고 있는지 한번 살펴봐 주시죠.

흘레스타코프: 아니, 감옥은 왜요? 그보다는 차라리 자선 병원을 살펴보는 게 더 좋을 것 같소.

시장: 좋을 대로 하시죠. 그럼 어떻게 할까요? 따로 가시겠습니까, 아니면 제 마차로 함께 가시겠습니까?

흘레스타코프: 당신 마차로 함께 가는 게 좋겠네요.

시장: (지주2에게) 표트르 이바노비치, 이렇게 되면 자네 자리가 없네.

지주2: 괜찮습니다. 저야 뭐…….

시장: (지주2에게 나직한 목소리로) 자네 말이야, 얼른 달려가서 편지 두 통만 전해 주게. 한 통은 자선기관장 제믈랴니카에게 또 한 통은 우리 집사람에게. (흘레스타코프에게) 죄송합니다만 이 자리에서 집사람한테 편지 한 줄 쓰도록 허락해 주시겠습니까? 귀한 손님을 맞을 준비를 하라고 시키려고 그럽니다만…….

흘레스타코프: 그러실 것까지야. 하여간 잉크는 여기에 있는데 종이가…… 어떻게 한다? 아, 이 계산서는 어떻습니까?

시장: 예, 그럼 여기다 쓰겠습니다. (쓰면서 혼잣말로 중얼거린다.) 그래, 어디 두고보자! 식사와 술이 나오면 어떻게 되는지! 그래, 마침 집에 포도주가 있지. 겉보기에는 시원찮지만 코끼리도 취해 떨어질 정도로 독하지. 나는 이자가 어떤 인간인지, 얼마나 조심해야 하는지만 알면 그만이다. (편지를 다 쓰고 나서 지주2에게 넘겨준다. 지주2가 문으로 다가간다. 이때 문짝이 떨어지고 문 뒤에서 엿듣고 있던 지주1이 문짝과 함께 무대로 나동그라진다. 모두 놀라 소리를 지르고, 지주1은 바닥에서 일어선다.)

흘레스타코프: 무슨 일이오? 어디 다치진 않았습니까?

지주1: 아니요, 아무렇지도 않습니다. 걱정하실 것 없습니다. 콧등만 조금 부었을 뿐입니다! 흐리스티안 이바노비치에게

가 보겠습니다. 그 사람한데 좋은 반창고가 있습니다. 이런 것쯤은 금방 낫습니다.

시장: (지주1을 나무라는 시늉을 하면서 흘레스타코프에게) 뭐, 아무 일도 아닙니다. 자, 그럼 가실까요? 가방은 하인더러 옮기라고 얘기하겠습니다. (오시프에게) 자네 말이야, 짐을 모두 내 집으로 옮겨 놓게. 시장 집이라고 하면 누구든지 가르쳐 줄 거야. 자, 가실까요? (흘레스타코프를 앞장서게 하고 뒤를 따른다. 그러다 뒤를 돌아보고 지주1에게 나무라며 말한다.) 자네도 원! 그래, 그렇게도 넘어질 데가 없던가? 벌러덩 나동그라지는 꼴하곤!

흘레스타코프와 시장이 퇴장한다. 그 뒤를 지주1이 따른다.

3막

1장

1막과 같은 방

시장의 아내와 시장 딸이 1막에서와 똑같은 자세로 창가에 서 있다.

시장의 아내: 꼬박 한 시간을 기다리는 동안 넌 줄곧 그놈의 겉치
장에만 온통 마음을 쓰고 있으니……. 옷을 다 입었나 싶
으면 또 꾸물거리고……. 이제 다시는 네 말을 듣나봐라.
아유, 속상해! 약속이나 한 것처럼 한 사람도 보이질 않네!
사람들이 다 죽어 버린 것같아.

시장의 딸: 하지만 엄마, 이제 2분 정도만 지나면 모든 걸 다 알게
될 텐데요, 뭐. 아브도차가 금방 돌아올 거예요. (창문으
로 내다보고 소리를 지른다.) 아, 엄마, 엄마! 저기 한길 끝
에 누가 오고 있어요.

시장의 아내: 어디, 어디 오는데? 넌 언제나 꿈 같은 소리만 해대
니……. 아, 그래 맞아! 누가 오고 있네. 도대체 누굴까? 키
는 별로 크지 않고…… 프록코트를 입고……. 누구지? 누
구? 아이 속상해! 누가 저렇게 생겼더라?

시장의 딸: 아, 도브친스키예요, 엄마.

시장의 아내: 도브친스키는 무슨 도브친스키야? 너는 언제나 별
  별 상상을 다 한다니까……. 절대 도브친스키는 아니야.
  (손수건을 흔든다.) 여보세요, 이리 좀 와보세요. 빨리요!

시장의 딸: 정말이에요, 엄마. 도브친스키예요.

시장의 아내: 애가 또 우겨 댄다. 도브친스키가 아니라니까 그러네.

시장의 딸: 엄마는……. 그럼 누구란 말이에요? 보세요, 도브친스
  키잖아요.

시장의 아내: 그러내, 도브친스키가 맞네. 이제 보이네. 그나저나
  너는 왜 그렇게 항상 억지를 부리니? (창밖으로 소리친
  다) 빨리, 빨리요! 걸음 한 번 빠르시네요. 그래 그분들은
  어디 있어요? 네? 그냥 거기서 말씀하세요. 마찬가지니까
  요. 어때요? 엄한 분이신가요? 네? 우리 바깥양반은, 바
  깥양반은요? (창문에서 조금 떨어져서 짜증스러운 목소
  리로) 미련하긴, 꼭 방에 들어와야 말을 하나!

2장

앞 장 사람들과 지주2

시장의 아내: 자, 어디 말씀 좀 해 보세요. 그런데 부끄럽지도 않으

세요? 전 당신만큼은 점잖은 양반이라 믿었어요. 그런데 모두들 뛰어나가니까 당신까지 뒤를 따라나서더군요! 그래서 전 지금껏 영문도 모른 채 이러고 있었다고요. 당신은 부끄럽지도 않으세요? 전 당신 아이들, 바냐와 리자의 대모예요. 그런데 당신이 제게 이럴 수 있느냔 말이에요.

지주2: 천만의 말씀입니다, 대모님 당신에 대한 존경심을 증명하고자 제가 이렇게 단숨에 달려오지 않았습니까. 안녕하세요, 마리야 안토노브나!

시장의 딸: 안녕하세요, 표트르 이바노비치!

시장의 아내: 그래서 어떻게 됐죠? 자, 말씀해 보세요. 뭐가 어떻게 된 거죠?

지주2: 시장님께서 당신께 쪽지를 적어 보내셨습니다.

시장의 아내: 그래, 그분은 어떤 분이세요? 장군인가요?

지주2: 아니요, 장군은 아닙니다. 하지만 장군 못지않으십니다. 학식하며 행동거지에 품위가 넘치십니다.

시장의 아내: 아! 그럼 우리 바깥양반에게 온 편지에 쓰여 있던 바로 그분이 맞군요.

지주2: 바로 그분입니다. 제가 보브친스키와 함께 이분을 맨 처음으로 발견했습니다.

시장의 아내: 자, 뭐가 어떻게 된 건지 말씀해 보세요.

지주2: 예, 다행히도 모든 게 순조로웠습니다. 처음엔 그분께서 시장님을 좀 차갑게 대하셨습니다. 예, 그랬습죠, 화를 내시며 여관엔 모든 게 엉망이라고, 당신네 집에는 가지 않겠다고, 당신 때문에 감옥에 가진 않겠다고 말씀하셨습니다. 그런데 몇 마디 얘기를 나누면서 시장님의 순수한 마음을 알게 되자 바로 생각을 바꾸셨고 다행히 모든 일이 잘 풀렸습니다. 지금 자선 병원을 살펴보러 가셨습니다……. 한데 사실대로 말씀드리자면 시장님께선 행여 밀고라도 없었는지 걱정하셨습니다. 저 역시 약간 떨렸습니다.

시장의 아내: 당신이 두려워할 게 뭐 있어요? 당신은 관리가 아니잖아요.

지주2: 그렇긴 하지만 지체 높으신 분께서 말씀하시면 왠지 두렵습니다.

시장의 아내: 뭐 그럴 것까지……. 아무튼 이건 다 쓸데없는 소리고. 그래, 그분의 나이는? 늙으셨나요? 아니면 젊으신가요?

지주2: 젊어요. 아주 젊은 사람입니다 한 스물세 살쯤 됐을까요? 그런데 말은 완전히 나이 든 사람처럼 합니다. '그럼 그리로 한 번 가 볼까요? 가봅시다.' (흉내 낼수 없다는 듯 손사래를 친다.) 말투가 아주 근사합니다. 이런 식이죠. '제가 말입니다, 글 쓰고 책 읽는 걸 좀 즐기는데, 방이 조금 어두운 게 방해가 되는군요.'

시장의 아내: 그럼, 그분의 머리색은? 검은색인가요 아니면 금발?

지주2: 아닙니다. 갈색에 가까운 편입니다. 그리고 눈빛이 짐승처럼 어찌나 날카로운지 보고 있으면 마음이 불안해질 정도입니다.

시장의 아내: 그런데 이 양반이 쪽지에다 뭐라고 쓴 거야? (읽는다.) '여보, 당신에게 급히 전할 말이 있소. 내가 곤경에 빠졌는데 다행히 하느님의 자비로 오이피클 두 개에 특히 캐비어 반 접시, 1루블 25코페이카…….' (읽기를 멈춘다.) 무슨 말인지 도통 모르겠네. 난데없이 웬 오이피클에 캐비어야?

지주2: 아, 그건 시장님이 남이 쓰고 버린 종이 위에 급히 쓰는 바람에 그렇게 됐을 겁니다. 거기에 무슨 계산같은 게 쓰여 있었습니다.

시장의 아내: 아, 정말 그렇군요. (계속 읽어 나간다.) '하느님의 자비로 모든 일이 잘 될 것 같소. 지금 곧 귀한 손님을 위해 방을, 노란 벽지를 바른 그 방을 준비해 놓으시오. 밥은 자선기관장 병원에서 먹을 테니 염려할 것 없고 대신 술은 넉넉히 준비하시오. 장사꾼 아브둘린에게 가장 좋은 것을 가져오라고 하시오. 만일 말을 듣지않으면 내가 그자의 술 창고를 죄다 수색할 거라고 전해 주시오. 당신 손에 입을 맞추며, 그럼 이만 줄이오. 안톤 스크보즈니크-드무하놉스키……. ' 어머, 이를 어째! 서둘러야겠네! 거기

누구없니? 미시카!

지주2: (문으로 뛰어가면서 소리친다.) 미시카! 미시카! 미시카!

미시카가 등장한다.

시장의 아내: 너 빨리 장사꾼 아브둘린한테 갔다 오거라. 잠깐만! 쪽지를 적어 줄테니……. (책상에 앉아 쪽지를 쓰면서 말한다.) 이 쪽지를 마부 시도르에게 전해 줘. 이걸 장사꾼 아브둘린에게 보여 주고 술을 가져오라고 해. 그리고 당장 가서 손님용 방을 깨끗이 정돈해 침대며 세숫대야며 필요한 것들을 갖다 놓고.

지주2: 안나 안드레예브나, 그럼 저는 당장 달려가서 그분이 시찰을 어떻게 하는지 보고 오겠습니다.

시장의 아내: 그래요, 어서 가보세요! 붙잡지 않을테니.

3장

시장의 아내와 시장의 딸

시장의 아내: 마리야, 그럼 우리는 화장을 해야겠지? 수도에서 오

신 분이라는데 그분이 흉이라도보면 어쩌니. 네겐 잔주름이 들어간 하늘색 원피스가 가장 잘 어울린단다.

시장의 딸: 싫어요, 엄마 난 하늘색은 싫단 말이야. 판사님 부인도 자선기관장님 딸도 모두 하늘색 옷을 입고 있는걸요. 난 차라리 꽃무늬 옷을 입을래요.

시장의 아내: 꽃무늬 옷이라니! 넌 왜 늘 반대로만 하려고 드니! 너한텐 하늘색이 훨씬 잘 어울린다니까. 내가 크림색 옷을 입으려고 그래. 내가 크림색을 너무 좋아하잖니.

시장의 딸: 어머나, 크림색은 엄마한테 어울리지 않아요!

시장의 아내: 뭐? 크림색이 내게 안 어울린다고?

시장의 딸: 네, 어울리지 않아요. 장담할 수 있어요. 크림색은 눈이 아주 까만 사람한테 잘 어울린다고요.

시장의 아내: 어머, 애 좀 봐! 내 눈이 까맣지 않다고? 애가 무슨 소릴 하는거야! 아니 왜 까맣지 않다는 거야? 카드 점을 칠 때도 난 언제나 클로버 퀸으로 한단 말이야!

시장의 딸: 에이, 엄마! 엄마 눈은 빨간색이니까 하트 퀸에 가깝지.

시장의 아내: 무슨 말도 안 되는 소리를 하는 거니? 내가 하트 퀸이라니! (딸과 함께 서둘러 퇴장한 다음, 무대 뒤에서 말한다.) 뚱딴지 같은 소리 집어치워! 내가 하트 퀸이라고? 애가 뭔소리를 하는지 원!

두사람이 나가자 문이 열리고 시장의 하인이 문밖으로 쓰레기를 치운다.

다른 문으로 오시프가 머리에 트렁크 가방을 이고 들어온다.

4장

시장의 하인과 오시프

오시프: 어디로 가야 하지?

시장의 하인: 아저씨! 이리, 이리 오세요!

오시프: 잠깐만, 그 전에 잠깐 쉬어야겠어. 제길, 사는 게 왜 이리

  고달픈지! 배때기가 비어서 뭘 들어도 무겁네.

시장의 하인: 그런데 아저씨, 장군님은 곧 오시나요?

오시프: 무슨 장군?

시장의 하인: 아저씨 주인 나리 말이에요.

오시프: 주인 나리? 그분이 무슨 장군이야?

시장의 하인: 그럼 장군이 아닌가요?

오시프: 장군은 장군인데 조금 다르긴 하지 .

시장의 하인: 그럼 진짜 장군보다 높은 거예요, 낮은 거예요?

오시프: 높지.

시장의 하인: 그렇구나! 그래서 집안이 온통 난리구나.

오시프: 이봐, 젊은이! 자네는 꽤나 민첩해 보이는데 어디 가서 먹을 걸 좀 갖다 주지 않겠나?

시장의 하인: 어쩌죠? 아저씨 건 아직 아무것도 준비가 안 됐어요. 아저씨는 흔한 음식은 드시지 않을 거 아녜요. 아저씨 주인께서 오셔서 식사하실 때 그때 아저씨한테도 똑같은 식사를 드릴 거예요.

오시프: 흔한 음식이라니 도대체 뭐가 있는데?

시장의 하인: 양배추 수프, 보리죽, 빵 그런 거 말이에요.

오시프: 그거라도 가져와! 수프, 죽, 빵, 다 괜찮으니까! 다 먹을 수 있어. 그럼 우선 가방부터 나르자! 뭐야, 거기에 또 문이 있는 거야?

시장의 하인: 있어요.

두 사람, 옆 방으로 가방을 나른다.

5장

경찰들이 문을 양쪽으로 연다. 흘레스타코프가 앞장을 서고 그 뒤로 시장, 조금 떨어져서 자선기관장, 장학관, 지주2, 콧등에 반창고를 붙인 지주1이 들어온다.

시장이 바닥에 흩어져 있는 휴지 조각을 가리키자,

경찰들이 달려가 앞다투어 휴지를 줍는다.

흘레스타코프: 훌륭한 시설이에요. 여기서는 여행자들에게 도시의 모든 걸 보여 주니까 좋군요. 다른 도시에서는 아무것도 보여 주지 않았어요.

시장: 이런 말씀 드리긴 송구스럽지만, 다른 도시에서야 시장과 관리들이 자기 실속 챙기기에 바쁘지만, 우리 시에서는 질서 있고 정돈된 도시를 만들어 정부의 배려에 보답해야 한다는 생각밖에 없습니다.

흘레스타코프: 식사도 대단히 훌륭했어요. 완전히 과식을 하고 말았어요. 아니 여기선 날마다 그렇게 먹나요?

시장: 아닙니다. 귀하신 손님을 위해 특별히 차린 겁니다.

흘레스타코프: 난 먹는 걸 너무 좋아해요. 사실 사람이라는 게 '만족의 꽃'을 꺾기 위해 사는 것 아닙니까? 참, 그 생선 이름이 뭐라고 했지요?

자선기관장: (가까이 달려와서) 소금에 절인 대구입니다.

흘레스타코프: 참 맛있었어요. 그런데 우리가 식사한 곳이 어디였죠? 병원이었나요?

자선기관장: 맞습니다. 자선 병원이었습니다.

흘레스타코프: 그래요, 그래요. 침대가 있었어요. 그런데 환자들이 다 나았습니까? 환자들이 별로 없는 것 같던데⋯⋯.

자선기관장: 아마 열 명쯤 있을 겁니다. 더 많지는 않고요. 다른 환자들은 모두 나아서 나갔습니다. 여기서는 흔한 일이지요. 믿기 어려우시겠지만 제가 감독관이 되고 나서부턴 환자들 병이 아주 쉽게 낫습니다. 그들은 입원하기 무섭게 금방 건강해지는데, 이는 약물이 아니라 정직과 규율을 잘 지킨 덕분입니다.

시장: 이런 말씀 드리긴 송구스럽지만, 시장의 직무란 게 여간 골치아프지 않습니다! 도시 위생, 수리, 개량 사업과 관련된 일들이 어찌나 많은지……. 한마디로 아무리 현명한 사람이라도 곤경에 빠지지 않을 도리가 없다는 얘기지요. 그러나 다행스럽게도 모든 일이 순조롭게 진행되고 있습니다. 다른 지방 시장들이야 물론 자기 잇속 차리기에 급급하지만요. 믿으실지 모르지만 저는 잠자리에 누워서도 줄곧 '오오, 하느님! 정부가 제 열의를 보고 만족하려면 어떻게 해야 합니까?'하고 고민합니다. 상을 내릴지 말지는 물론 정부 뜻에 달렸지만 적어도 제 마음은 편안합니다. 도시 어디나 질서가 잡혀 있고, 거리는 깨끗하고, 죄수들 대우도 꽤 괜찮고, 술주정꾼도 많지 않은데…… 제가 뭘 더? 정말이지 명예 따위는 바라지 않습니다. 물론 그런 유혹이 없는 건 아니지만 그래도 순수한 선행 앞에서는 모든 게 티끌처럼 허무한 것이지요.

자선기관장: (방백) 이런 사기꾼! 잘도 꾸며 대네. 별 재주를 다 타고났군!

흘레스타코프: 그건 맞는 말이에요. 실은 나도 가끔 지적인 일을 하는 걸 좋아하죠. 가끔씩 소설을 착상해보기도 하는데, 어떤 때는 머리에서 시 구절이 절로 튀어나오기도 하죠.

지주1: (지주2에게) 맞아, 정말 맞아요, 표트르 이바노비치! 저렇게 한마디 하는 걸 봐도 학문이 깊으신 게 분명해.

흘레스타코프: 그런데 말이에요. 여긴 뭐 놀거리 같은 거, 예를 들면…… 카드놀이 모임 같은 건 없습니까?

시장: (방백) 흥, 이 친구야, 우린 자네가 뭘 노리고 있는지 다 알고 있지! (큰소리로) 천만에요! 여긴 그런 모임이 있다는 소문조차 없습니다. 저는 지금까지 카드를 손에 잡아 본 적도 없습니다. 카드놀이를 어떻게 하는지조차 모르죠. 마음 편히 보고 있을 수도 없습니다. 다이아몬드 킹이든 뭐든 카드를 보기만 해도 침을 뱉고 싶을 정도로 역겨운 기분이 듭니다. 한번은 아이들을 재밌게 해 주려고 카드로 오두막을 만들어 준 적이 있었는데, 그날 밤새 빌어먹을 놈의 카드 꿈을 꾸었지 뭡니까. 그런 건 정말이지 딱 질색이에요! 어떻게 귀중한 시간을 그런 것에 허비할 수 있겠습니까?

장학관: (방백) 이런 사기꾼! 어제만해도 나한테 백 루블이나 따

놓고는······.

홀레스타코프: 아니요, 그렇지 않습니다. 당신은 쓸데없이······ 하지만 모든 건 생각하기 나름이죠. 예를 들어, 판돈을 세 배로 올려야 해서 그만두게 된다면 그때야 뭐······. 아닙니다. 아무튼 그렇게 말씀하지는 마십시오. 노름도 가끔은 아주 재밌거든요.

6장

앞장의 사람들, 시장의 아내, 시장의 딸

시장: 제 가족을 소개해 드리겠습니다. 아내와 딸아이입니다.

홀레스타코프: (인사를 하며) 부인을 뵐 수 있어 영광입니다.

시장의 아내: 저희야말로 당신 같은 훌륭하신 분을 뵙게 되어 기쁩니다.

홀레스타코프: (점잖을 빼면서) 천만의 말씀입니다, 부인. 정반대지요. 제가 더 기쁩니다.

시장의 아내: 어머나, 무슨 말씀을 그렇게! 괜히 인사치레로 하시는 말씀이시겠지요. 자, 이리 좀 앉으세요.

홀레스타코프: 전 이렇게 부인 곁에 서 있는 것만으로도 행복합니

다. 하지만 부인께서 계속 권하시니 일단 앉기로 하지요. 어쨌든 이렇게 부인 곁에 앉게 되어 참으로 행복합니다.

시장의 아내: 무슨 그런……. 제겐 너무 송구스러운 말씀이세요. 그나저나 수도에만 계시다 이렇게 여행 다니시느라 불편한 점이 많으시겠어요.

흘레스타코프: 불편하기 이를 데 없습니다. 콩프르네 부! 상류 생활에 익숙해 있던 사람이 갑자기 여행을 떠나면, 여관은 지저분하고 사람들은 무지몽매하고……. 정말이지 이렇게라도 (시장의 아내를 바라보며 우쭐거린다.) 보상받지 못했다면…….

시장의 아내: 정말 불쾌하지 않을 수 없겠네요.

흘레스타코프: 하지만 부인, 지금 이 순간 전 무척 유쾌합니다.

시장의 아내: 또 그런 말씀을! 과찬이세요. 저는 그런 말을 들을 자격이 없어요.

흘레스타코프: 아니, 왜 자격이 없다는 거죠? 부인께는 그럴 자격이 있습니다.

시장의 아내: 저는 시골에 사는…….

흘레스타코프: 그래요. 하지만 시골에도 산이 있고 강이 있고……. 물론 페테르부르크와는 비교가 안 되죠! 아, 페데르부르크! 정말 그런 멋진 곳이 어디 또 있겠습니까! 부인께서는 어쩌면 저를 말단 서기쯤으로 생각하고 계실지 모르지만

그렇지 않습니다. 저는 국장과 매우 가까운 사이입니다. 국장은 이렇게 어깨를 툭치면서 '이보게, 식사나 한 번 하러 오지!'라고 말하죠. 저는 관청에 잠깐 들러서 '이건 이렇게! 그건 이렇게 해 주게!'하고 말만하면 기록을 담당하는 관리가, 꼭 쥐새끼 같은 녀석인데, 알아서 쭉쭉 써 내려 갑니다. 한번은 저를 8등 문관으로 임명하려고 한 적이 있었는데 전 그럴 필요가 있을까 생각했죠. 이미 지금도 계단을 올라가고 있으면 수위란 놈들이 구둣솔을 들고 뒤쫓아 와 '이반 알렉산드로비치, 제가 구두를 좀 닦아 드리지요.'하는데 말입니다. (시장에게) 그런데 여러분은 왜들 서 계십니까? 어서 앉으세요!

시장, 자선기관장, 장학관이 동시에 말한다.

시장: 저희 신분으론 더 서 있어도 괜찮습니다.
자선기관장: 저희들은 서 있겠습니다.
장학관: 걱정하지 마십시오!
흘레스타코프: 신분 같은 것 따지지 말고 어서 앉으세요.

시장과 사람들, 자리에 앉는다

홀레스타코프: 나는 격식을 좋아하지 않아요. 오히려 사람들 눈
    에 띄지 않으려 하죠. 그렇지만 도저히 숨어 다닐 수가 없
    어요. 완전히 불가능하죠! 어디를 가도 저기 봐, 이반 알렉
    산드로비치가 지나가신다! 다 알아보니 말이에요. 언젠가
    한번은 나를 총사령관으로 여긴 일도 있었다니까요. 군인
    들이 위병소에서 냅다 뛰어나오더니 '받들어 총'을 하지
    뭡니까. 나중에 나와 잘 알고 지내는 한 장교가 말하기를
    '여보게, 우리는 자네를 완전히 총사령관으로 잘못 알아봤
    다네'라고 하더군요.

시장의 아내: 어머나, 어쩜 그런 일이!

홀레스타코프: 나는 아리따운 여배우들과 잘 알고 지냅니다. 게다
    가 이런저런 연극 대본도 쓰죠. 작가들과도 자주 만납니
    다. 특히 푸시킨과는 아주 친한 사이입니다. 내가 '여보게
    푸시킨, 그래 요즘은 어떤가? ' 하고 말을 건네면 '다 그렇
    고 그렇지, 뭐……'하고 대답하죠. 그는 아주 괴짜예요.

시장의 아내: 글도 쓰세요? 작가들은 얼마나 좋을까! 그럼 잡지에
    도 실리겠네요?

홀레스타코프: 그럼요, 잡지에도 글을 씁니다. 하지만 작품이 하
    도 많아서요. 〈피가로의 결혼〉이라든가 〈악마 로버트〉,
    〈노르마〉 따위 이젠 제목조차 기억나지 않네요. 이것도
    다 어쩌다 보니 그렇게 됐습니다. 나는 쓰고 싶지 않은데

극장 지배인이 '여보게, 제발뭐라도 하나 써 주게.' 하고 부탁하면, 잠깐 생각하다 '알았네.' 하고 대답하죠. 그러고는 당장 그날 저녁에 다 써 버려 사람들을 깜짝 놀래 줍니다. 난 작품을 구상하는 데 별로 힘을 들이지 않습니다. 〈구축함 '희망'〉, 〈모스크바 전신국〉 같은 브람베우스 남작 이름으로 발표된 건 전부…… 내가 쓴 겁니다.

시장의 아내: 그럼 당신이 바로 그 브람베우스 남작이란 말씀인가요?

흘레스타코프: 그렇습니다. 내가 그 사람의 글을 모두 고쳐 주고 있습니다. 그 대가로 출판사에서 4만 루블을 받았지요.

시장의 아내: 그럼 〈유리 밀로슬랍스키〉도 분명 당신 작품이겠네요?

흘레스타코프: 그렇습니다. 그것도 내 작품입니다.

시장의 아내: 저도 그럴거라고 짐작했어요.

시장의 딸: 어머나, 엄마! 그건 자고스킨 작품이라고 쓰여 있던데요.

시장의 아내: 저것 좀 봐. 난 네가 또 말대꾸할 줄 알았다.

흘레스타코프: 아, 그래요. 그건 따님 말이 맞아요. 그건 확실히 자고스킨 작품입니다. 하지만 또다른 〈유리 밀로슬랍스키〉가 있는데 그게 바로 내작품입니다.

시장의 아내: 그러면 제가 읽은 것은 당신 작품이 틀림없어요. 얼마나 훌륭한지 몰라요!

흘레스타코프: 사실 나는 문학으로 살아가는 사람입니다. 우리 집은 페테르부르크에서 첫 번째 가는 저택이고, 이반 알렉산드로비치 집이라고 하면 모르는 사람이 없죠. (사람들에게) 여러분, 페테르부르크에 오실 일이 있으면 반드시 우리 집에 들러 주십시오. 무도회도 자주 열고 있으니까요.

시장의 아내: 아주 멋지고 성대한 무도회일 거예요!

흘레스타코프: 그야 말할 것도 없지요. 식탁엔 수박이, 7백 루블짜리 수박이 있습니다. 수프는 냄비째 파리에서 곧장 배로 가져옵니다. 뚜껑을 열면 김이 솟아오르지요. 세상 어디에서도 그 비슷한 걸 찾아볼 수 없습니다. 난 날마다 무도회에 나갑니다. 거기서 우리끼리 카드놀이 판을 벌이죠. 외무장관, 프랑스와 영국과 독일 부대사 그리고 나, 이렇게요. 우린 지쳐서 나가떨어질 때까지 노름을 합니다. 그러고 나서 4층 내 방으로 뛰어 올라가 식모에게 '마브라, 외투 좀 받아 줘'라고 말하곤 바로 쓰러지죠. 잠깐만, 내가 지금 무슨 거짓말을 하는 거야? 내가 2층에 살고 있다는 걸 깜빡 잊었습니다. 우리 집엔 계단이 한 층밖에 없는데 말이에요……. 내가 잠을 깨기 전에 우리 집 현관을 들여다보면 여간 재미있지 않아요. 백작이니 공작이니 하는 사람들이 북적거리는데 마치 벌 떼처럼 윙윙거리는 소리만 들립니다. 가끔은 장관이 오기도 합니다.

시장과 그 밖의 사람들, 겁을 먹고 자기 의자에서 일어선다.

흘레스타코프: 사람들이 내게 소포를 보낼 때 '각하'라고 쓰기도 합니다. 한번은 정부 부서의 책임자가 된 적도 있죠. 이상하게도 국장이 사라져 버렸는데 어디로 갔는지 알 수가 없는 거예요. 그래서 자연스럽게 누가, 어떻게 그 자리를 대신할지 얘기가 오갔죠. 장군들 가운데 희망자가 많았지만 꼭 맞는 사람이 없었어요. 언뜻 보기에는 쉬운 일 같지만 자세히 들여다보면 여간 어렵지 않은 자리거든요! 더 이상 어떻게 할 수 없다는 걸 알고는 나한테 왔더군요. 그때 길거리는 온통 파발꾼들로 가득 찼어요. 상상이 돼요? 파발꾼들이 3만 5천 명이나 됐다니까요! 그래서 도대체 어떻게 된 영문이냐고 물었더니 '이반 알렉산드로비치, 우리 부서를 맡아 주십시오!' 하고 말하는 겁니다. 사실 나는 좀 당황스러웠습니다. 실내복 차림이었거든요. 처음엔 거절하려고 했습니다. 그러다 생각해 보니 어차피 폐하의 귀에 들어갈 것 같고, 관리로서 경력도 생각해서…… '좋습니다. 여러분, 내가 이 자리를 맡겠습니다. 분명히 맡긴 하겠는데 나는 절대 부정부패를 용서하지 않겠어요! 나는 소식통이 빠르단 말이오!' 정말이지 내가 관청 안을 지나가면 마치 지진이 일어난 것 같았죠. 모두들 사시나무 떨

듯 벌벌 떨었으니까요.

시장과 다른사람들, 무서워서 벌벌 떤다. 흘레스타코프는 더욱더 열을 올린다.

흘레스타코프: 난 농담을 좋아하지 않습니다. 그런 자들은 모두
단단히 혼을 내주었지요. 국가 의회에서도 나를 무서워했
어요. 왜 그랬을까요? 내가 바로 이런 사람이기 때문입니
다! 나는 누구 눈치도 보지 않습니다. 나는 모든 사람에게
이렇게 말하죠. '나는 내가 잘 알아, 내가!' 나는 어디든 갈
수 있어요. 궁전에도 날마다 들어갑니다. 내일이라도 당장
원수로 승진할 수도…….

흘레스타코프가 발이 미끄러지면서 바닥에 쓰러질 뻔했으나
관리들이 공손히 부축한다.

시장: (온몸을 떨면서 다가가 무슨 말인가 하려고 애쓴다.) 각,
각, 각, 가…… 각…….

흘레스타코프: (딱 끊어지는 빠른 소리로) 무슨 소리요?

시장: 각각, 각…….

흘레스타코프: (같은 목소리로) 무슨 헛소리야! 통 알아들을 수가
없네.

시장: 각, 각, 각…… 각하, 좀 쉬시지 않겠습니까? 여기가 지내실
　　　방이고 필요한 건 모두 준비되어 있습니다.

흘레스타코프: 쉬다니, 무슨 소리요? 아니지, 쉬는 것도 괜찮지.
　　　여러분 식사가 아주 훌륭했어요. 만족합니다, 대만족이에
　　　요. (낭독하듯이) 소금에 절인 대구! 말린 대구!

흘레스타코프가 옆방으로 들어가고, 시장이 그 뒤를 따라간다.

7장

흘레스타코프와 시장을 제외한 앞 장의 사람들

지주1: (지주2에게) 표트르 이바노비치, 이분이야말로 인물이야!
　　　진짜 인물이야! 살면서 저렇게 높으신 양반과 자리를 같
　　　이해 보긴 처음이야. 난 무서워서 숨이 멎는 줄 알았다니
　　　까! 자넨 어떻게 생각하나? 저분의 관등이 어느 정도라고
　　　생각하냐고.

지주2: 적어도 장군쯤은 되지 않겠어?

지주1: 아니야. 내 생각엔 장군 따위 저분 발끝에도 못 미칠걸! 설
　　　령 장군이더라도 대원수쯤은 될 거야. 국가 의회가 꼼짝

도 못한다는 말 못 들었나? 자, 가세. 얼른 암모스 표도로
비치와 코로브킨에게 얘기해 줘야지. 안나 안드레예브나,
안녕히 계세요.

지주2: 대모님, 안녕히 계십시오!

두 사람 퇴장한다.

자선기관장: (장학관에게) 무서워 죽겠어. 왜 그런지 나도 모르겠
어. 어쩌지? 우리는 제복도 안 입고 있었는데……. 혹시
한숨 자고 나서 페테르부르크로 보고서를 보내는 건 아닐
까? (뭔가 생각에 빠져 장학관과 함께 퇴장하며) 부인, 그
럼 안녕히 계십시오!

8장

시장의 아내와 시장의 딸

시장의 아내: 아, 정말 멋진 분이야!

시장의 딸: 아, 정말 상냥한 분이에요!

시장의 아내: 사람 대하는 게 얼마나 세련되어 보이던지! 도시 분

이라는 걸 금방 알 수 있겠어. 말씨며 행동이 다…… 어쩌면 저렇게 훌륭하지? 난 저런 젊은 사람이 못 견디게 좋거든! 정말로 홀딱 반해 버렸어. 그런데 그분께서도 내가 아주 마음에 드신 모양이야. 줄곧 내 얼굴만 보고 계셨거든!

시장의 딸: 아니야, 엄마. 그분께선 내 얼굴을 보고 계셨어!

시장의 아내: 그런 쓸데없는 소리를 하려거든 제발 저리 가! 넌 어떻게 그런 말도 안 되는 소리만하니.

시장의 딸: 아니에요, 엄마. 내 말이 맞아요!

시장의 아내: 저것 보라니까! 또 시작이야! 너랑 말싸움하기 싫으니까 이제 그만 좀 해! 언제 널 바라보셨다는 거야? 뭣 하러 널 바라보셨겠느냐고?

시장의 딸: 정말이에요, 엄마. 줄곧 보고 계셨어요. 문학 얘기를 할 때도 그랬고, 그다음에 대사들과 카드놀이를 했다는 얘기를 하실 때도 날 바라보셨어요.

시장의 아내: 어쩌다 한 번 정도 그랬을지 모르지만 그거야 '이번엔 이 아가씨도 한번 봐 줄까? ' 하는 마음에서 그러신 것뿐이야.

9장

앞 장의 사람들과 시장

시장: (발뒤꿈치를 들고걸어들어오며) 쉿 …… 쉿 …….

시장의 아내: 왜그래요?

시장: 술을 진탕 먹여 놓긴 했는데 그래도 마음이 놓이지 않아. 만일 저자가 말한 게 절반이라도 사실이면 어떻게 한다지? (생각에 잠긴다.) 사실은 사실인 것 같아. 사람이 취하면 본심을 드러내기 마련인데 말이지. 물론 전혀 거짓말을 안 한 건 아니겠지. 말을 하다 보면 조금은 거짓말이 섞이게 마련이니까. 장관들하고 카드놀이를 했고, 궁전에도 드나든다고……. 정말 생각하면 생각할수록 저자의 정체를 알 수가 없단 말이야. 어디 높은 탑 꼭대기에 서 있거나 누가 내 목을 매달기라도 하는 것 같은 기분이야.

시장의 아내: 전 전혀 겁나지 않았어요. 그저 저분은 교양 있는 상류 사회의 고상한 분이라고 생각했을 뿐이에요. 저분의 관등이 무엇이건 제겐 상관없는 일이에요.

시장: 여자들이란……. 여자들에겐 모든 게 하찮게 보이겠지! 그러니까 이말 저말 아무 말이나 나불대는 거고. 당신네들이야 몇 대 맞는 걸로 끝날지 모르지만 남자들은 언제 목숨이 달아날지 모르니까. 그런데 당신은 그 사람을 마치 도브친스키 대하듯 스스럼없이 대하더군.

시장의 아내: 그런 건 당신이 걱정하지 않으셔도 돼요. 우리도 어떻게 해야하는지 정도는 알고 있으니까……. (딸을 바라본다.)

시장: (혼잣말로) 내가 말을 말아야지! 그나저나 이건 정말 뜻밖이야! 아직까지 정신을 차릴 수 없군. (문을 열고 문밖으로 얘기한다.) 미시카, 경찰관 스비스투노프와 제르지모르다 좀 불러와. 저기 어디 대문 밖에 있을 거야. (잠시 말이 없다가) 거참, 세상 요지경 속이라니까. 아니, 사람이 생김새라도 빼어나면 모를까 저런 말라깽이 같은 녀석이……. 어떻게 정체를 알아내지? 군인이라면 어떻게든 티가 날 텐데 저렇게 프록코트만 입고 있으니……. 정말이지 날개 잘린 파리 꼴이나 다름없게 됐어. 그래도 아까 여관에서는 한참 속내를 감추고 도무지 알 수 없는 온갖 비유에 뜬구름 잡는 소리만 해 대더니 결국 본색을 드러냈어. 게다가 필요 이상으로 말을 많이 해 댔으니……. 역시 젊은 사람이라 어쩔 수 없어.

10장

앞 장의 사람들과 오시프

모두 오시프에게 달려간다.

시장의 아내: 이리 좀 와봐요!

시장: 쉿, 어떻게 됐어? 주무시나?

오시프: 아직 안 주무십니다. 가끔 기지개만 켜고 계십니다.

시장의 아내: 이봐, 자네 이름이 뭐지?

오시프: 오시프라고 합니다, 마님.

시장: (아내와 딸에게) 됐어, 됐어, 이것들이! (오시프에게) 여보
　　게, 그래 식사는 잘 했나?

오시프: 잘 먹었습니다. 대단히 감사합니다. 아주 잘 먹었습니다.

시장의 아내: 그런데 자네 주인 나리 댁엔 백작이니 공작이니 하
　　는 분들이 많이들 찾아오시나 봐?

오시프: (방백) 뭐라고 대답하지? 이번에 이렇게 대접이 좋았으
　　니까 다음 번엔 더 좋아지겠지? (소리가 들리도록) 네,
　　백작들도 오시곤 합니다.

시장의 딸: 이봐요, 오시프. 당신 주인께서는 어쩜 그렇게 잘생기
　　셨는지!

시장의 아내: 그런데 말이에요, 오시프. 그분은 왜······.

시장: 제발 좀 그만 하라니까! 그런 쓸데없는 말로 날 방해하지
　　말란 말이야. 그래 어떤가······.

시장의 아내: 자네 주인께선 관등이 어떻게 되시나?

오시프: 그냥 평범한 관등이죠.

시장: 이런 제기랄 또 그 쓸데없는 질문이야? 지꾸 이러니 중요한 얘기는 하나도 못 하잖아! 그래, 이보게. 자네 주인은 어떤 분이신가? 엄하신가? 꾸지람을 자주 하시나, 그런가?

오시프: 네, 모든 게 제대로 돼 있는 걸 좋아하십니다.

시장: 음, 난 자네 얼굴이 아주 마음에 들어. 보아하니 자네는 틀림없이 좋은사람일 거야. 그런데 어떤가…….

시장의 아내: 이보게, 오시프. 자네 주인께선 페테르부르크에서 어떠셨어? 제복을 입고 다니셨나? 아니면……

시장: 당신, 그만 좀 하라니까! 정말이지 웬 수다가 그리 많아! 이건 아주 중요한 일이란 말이야. 사람 목숨이 걸린 일이라고! (오시프에게) 여보게, 정말로 나는 자네가 아주 마음에 들어. 나중에 가는 길에 차 한 잔쯤 더 마시는 것도 괜찮겠지. 요즘은 날씨가 조금 쌀쌀하니까. 자, 여기 2루블. 차 마실 돈이네.

오시프: (돈을 받으면서) 이거 정말 감사합니다. 신의 가호로 부디 건강하시길 기원합니다! 가난한 인간을 이렇게 도와주시다니.

시장: 됐네, 됐어. 나도 기쁘다네. 그런데 이보게…….

시장의 아내: 이봐요, 오시프. 자네 주인께선 어떤 눈 색깔을 가장

좋아하시지?

시장의 딸: 이봐요, 오시프. 자네 주인의 코는 어쩜 그렇게 귀엽게
생겼지?

시장: 그만들 좀 해! 나도 말 좀 하게! (오시프에게) 그래 이보게,
얘기 좀 해 보게. 자네 주인께선 뭐에 가장 관심이 있으신
가? 그러니까 여행 중에 뭘 가장 좋아하시느냐 말이야?

오시프: 좋아하시는 건 그때 그때 다르긴 하지만, 그래도 가장 좋
아하시는 건 대우를 잘 받고 좋은 음식을 대접받는 일입
죠.

시장: 좋은 음식?

오시프: 네, 좋은 음식이오. 저 같은 건 보시다시피 보잘것없는 하
인입니다만, 저희 나리께선 제게도 좋은 일이 있도록 늘
보살펴 주십니다. 정말입니다! 어디에 가면 으레 '그래, 오
시프. 음식은 잘 대접하던가? ' 하고 물으시죠. '엉망이었
습니다, 나리.'하고 제가 여쭈면 '음, 그랬어? 그거 참 나쁜
주인이로군. 집에 돌아가거든 잊지 않도록 내게 얘기해
주게.'하고 말씀하십니다. 하지만 저는 속으로 '(손을 내젓
는다) 내버려 두지, 뭐. 나 같은 보잘 것 없는 인간이, 뭐!'
하고 생각하고 말죠.

시장: 그래, 그래. 자네 참 좋은 얘길 해 줬어. 아까는 차 마실 돈
이었는데 그럼 이번엔……. 자, 방값이야. 받아두게.

오시프: 무엇 땜에 이렇게 돈을 주시는 겁니까, 나리? (돈을 숨 긴다) 그럼 나리의 건강을 위해 한 잔 마시겠습니다.

시장의 아내: 오시프, 내방으로 와요. 나도 줄테니까.

시장의 딸: 오시프, 주인어른께 입맞춤을!

옆 방에서 흘레스타코프의 잔기침 소리가 들린다.

시장: 쉿! (발끝으로 일어선다. 이제 모두들 작은 목소리로 연기한 다.) 조용, 조용히 해! 이제 됐으니까 다들 자기 방으로 가!

시장의 아내: 가자, 마리야! 네게 할 말이 있다. 저분에 대해 우리 둘만 할 얘기가 있어.

시장: 거기 가서도 어지간히 조잘대겠군! 듣고 있으면 귀가 먹 어 버릴거야 (오시프에게로 얼굴을돌리면서) 그런데 여보 게…….

11장

앞 장의 사람들. 경찰1, 경찰2

시장: 쉿! 이런 안짱다리 곰새끼들 같으니라고. 웬 구두소리가 그

리 요란해! 마차에서 40푸드짜리 짐짝을 던지는 것처럼 쿵쿵거리잖아! 그런데 이제껏 어디 가서 자빠져 있었던 거야?

경찰2: 명령하신 대로⋯⋯.

시장: (그의 입을 막는다.) 까마귀처럼 깍깍거리기는! (흉내를 내며) 명령하신 대로! 마치 나무통 속에서 짖어 대는 것 같군. (오시프에게) 그럼, 자넨 가서 주인님에게 뭐 필요한 게 없나 살펴봐 주게. 이 집에 있는 건 뭐든지 다 갖다 써도 되네.

오시프, 퇴장한다.

시장: 그리고 너희들은 현관에서 한 발짝도 움직이지 말고 지키고 있어. 알았어? 아무도 집 안으로 들여보내지 마. 특히 장사꾼 놈들은! 만일 한 놈이라도 들여보내는 날엔⋯⋯. 웬 놈이든 탄원서를 가지고 오거든, 아니 탄원서가 없어도 나를 고소할 듯한 놈이 보이거든 이렇게 목을 밀쳐서 내쫓아 버려! 이렇게, 보기좋게! (발로 시늉을 해 보인다.) 알겠나? 쉿! 쉿⋯⋯. (발뒤꿈치를 들고 경찰1이 경찰2를 따라 퇴장한다.)

4막

시장 집의 같은 방

1장

판사, 자선기관장, 우체국장, 장학관, 지주1, 지주2
정장이나 제복으로 차려입고 발끝으로 걸어서 조심스럽게 등장한다.
무대는 작은 목소리로 연출된다.

판사: (사람들을 반원형으로 세운다.) 여러분, 얼른 빙 둘러서세요. 좀 똑바로 서요! 궁전에도 드나들고 국가 의회에서도 호통을 친다는 대단한 어른이시니까! 군대식으로 정렬해 주세요, 군대식으로! 여보게 표트르 이바노비치, 자네는 저리 가고, 표트르 이바노비치, 자네는 이리 오게.

지주1, 지주2 발끝으로 뛰어간다.

자선기관장: 암모스 표도로비치, 우리도 뭔가 해야될 것 같은데.

판사: 구체적으로 뭘 말인가?

자선기관장: 뭐, 뻔하지 않은가.

판사: 뇌물말인가?

자선기관장: 그래, 뇌물이라도 줘야지.

판사: 그건 위험해! '정부관료를 뭘로 보는 거야!'하고 호통칠 텐데. 그보다 귀족 회의 이름으로 기념품이라도 증정하는 게 어떻겠나?

우체국장: 아니면 '우편으로 돈을 부쳐 왔는데 누구 것인지 알 수 없어서……'라고 얘기해 보는 건 어떨까요?

자선기관장: 조심하게. 자네를 우편으로 멀리 보내 버릴지도 모르니까. 자, 들어 보세요. 문명화된 나라에서는 일을 이렇게 처리하지 않습니다. 우리가 왜 여기 떼 지어 모여 있어야 합니까? 그냥 한 사람씩 들어가서 인사하는 겁니다. 그래서 두 눈을 서로 맞대고 사정을 봐서…… 그래야 다른 사람은 알 수가 없죠. 문명사회에선 바로 이렇게 하는 겁니다! 그럼, 암모스 표도로비치, 당신이 먼저 시작하시죠.

판사: 그런 거라면 당신이 먼저 하는 게 낫겠어. 귀빈께서는 당신 병원에서 식사도 하셨으니까.

자선기관장: 그렇다면 루카 루키치가 낫겠지. 젊은이들의 계몽가이시니까.

장학관: 여러분, 전 안 됩니다. 할 수 없어요! 솔직히 말씀드리면 교육을 그렇게 받아서 그런지 저보다 관등이 하나라도 높은 사람과 얘기를 하면 정신이 멍해지고 혀가 꼬여서……

안 됩니다. 여러분 죄송합니다. 정말 죄송합니다.

자선기관장: 그렇다면 암모스 표도로비치 당신밖에 없는데 당신 말솜씨는 키케로 처럼 뛰어나지 않소.

판사: 아니, 당신 무슨 소리야! 키케로라니! 저 사람, 꾸며 대는 것 좀 보게! 그야 사냥개와 정찰견 얘기를 하느라고 열을 올린 적은 한 번 있지만 ......

모두 함께: (그에게 달라붙는다.) 아니야, 자네는 개뿐만 아니라 바벨탑 얘기도했어…… 암모스 표도로비치, 제발 우리를 버리지 말게. 우리의 수호자가 되어 줘! 암모스 표도로비치!

판사: 여보게들 이거 좀 놓게!

이때 흘레스타코프 방에서 발소리와 기침 소리가 들린다. 모두들 앞다투어 문쪽으로 달려가 서로 밀치며 밖으로 나가려 한다. 낮은 비명 소리가 들린다.

지주1의 목소리: 에이! 표트르 이바노비치, 표트르 이바노비치! 발을 밟으면 어떡해!

자선기관장의 목소리: 아니 이 사람들아, 이것 좀 놔! 그렇게들 떠들면 어떻게 해!

'아!아!'하는 비명이 몇차례 들리는 사이,
모두들 서로 떠밀려 나가고 방은 텅 빈다.

2장

홀레스타코프

잠이 덜 깬 눈으로 혼자 등장한다.

홀레스타코프: 한잠 늘어지게 잤나 본데……. 어디서 그런 두툼한 요에 깃털 이불을 가져왔을까? 땀까지 흘렸네. 그런데 지금까지 골이 아픈 걸 보면 어제 식사를 할 때 녀석들이 내게 뭔가 마시게 한 것 같아. 아무튼 여기라면 유쾌하게 시간을 보낼 수 있겠어. 나는 근사하게 대접받는 걸 좋아하니까. 솔직히 말하자면 꿍꿍이가 있는 게 아니라 진심에서 우러나온 대접을 더 좋아하지. 시장 딸은 상당히 괜찮아. 그 엄마도 아직은 그런 대로……. 아니 잘 모르겠어. 어쨌든 이런 생활이 마음에 들어.

3장

홀레스타코프와 판사

판사: (들어오다 걸음을 멈추고 혼잣말로) 하느님, 하느님! 부디

잘되도록 도와 주옵소서. 그런데 무릎이 왜 이리 떨리지! (허리를 쭉 펴고 한 손으로 허리에 찬 칼을 잡고) 인사드리게 되어 영광입니다. 이 지방 법원 판사 8등관 랴프킨탸프킨입니다.

홀레스타코프: 자, 앉으세요. 그럼 당신이 이곳 판사인가요?

판사: 1816년 귀족 회의에서 선출되어 3년 기한으로 직무를 쭉 보고 있습니다.

홀레스타코프: 그런데 판사가 되면 뭐 좀 이로운 게 있습니까?

판사: 9년 동안 일한 공로로 상부의 추천을 받아 블라디미르 4등 훈장을 받았습니다. (방백) 손에 돈을 쥐고 있으니 주먹이 온통 불덩어리같아.

홀레스타코프: 나도 블라디미르 훈장을 좋아해요. 안나 3등 훈장은 뭐 그렇지도 않지만.

판사: (움켜쥔 주먹을 조금씩 앞으로 내밀면서 방백으로) 어쩐다! 어떻게 해야할지 알수가 없네. 꼭 바늘 방석에 앉은 기분이야.

홀레스타코프: 손에 있는 건 뭡니까?

판사: (당황하여 지폐를 마룻바닥에 떨어뜨린다.) 아니, 아무것도 아닙니다.

홀레스타코프: 돈이 떨어진 것 같은데요.

판사: (온몸을 부들부들 떨면서) 절대로 그럴 리 없습니다. (방

백) 제기랄! 이젠 내가 법정에 서게 됐군! 나를 체포하러 마차가 오겠지?

흘레스타코프: (주우면서) 그래요, 역시 돈이군요.

판사: (방백) 제길, 모든 게 끝장이야. 망했다, 망했어!

흘레스타코프: 어떻습니까? 이걸 내게 좀 빌려 주시죠.

판사: (얼른) 아니, 제가 어떻게…… 그러시다면 기꺼이…... (방백) 자, 대담하게 더 대담하게 나가자! 성모 마리아님! 도와주소서!

흘레스타코프: 실은 여행 도중에 돈을 이리저리 다 써 버렸어요. 그래서…… 아무튼 시골에 가는 대로 곧 부쳐 드리겠습니다.

판사: 무슨 그런 말씀을! 그러시지 않아도 더할 나위 없이 영광입니다……. 물론 미약한 힘이긴 하지만 열심히 노력하여 정부에…… 헌신하려고 애쓰고 있습니다. (양손을 옆으로 붙인 채 의자에서 일어나며) 그럼 이만 물러가겠습니다. 뭐, 명령하실 건 없으신지요?

흘레스타코프: 무슨 명령이오?

판사: 이곳 지방 법원에 내리실 명령 같은 것 말씀입니다.

흘레스타코프: 뭣 때문에 명령을? 아니오, 난 지금 그럴 필요를 못 느껴요.

판사: (경례를 하고 퇴장하면서 방백) 아, 이제 살았다!

흘레스타코프: (그가 퇴장하자) 판사라, 거 좋은 사람이군!

4장

흘레스타코프와 우체국장

제복을 입은 우체국장, 한 손으로 칼을 잡고 허리를 쭉 펴고 걸어 들어온다.

우체국장: 인사드리게 되어서 영광입니다. 우체국장인 7등관 슈
페킨입니다.

흘레스타코프: 아, 어서 오세요. 난 사람 사귀는 걸 좋아하지요.
여기 사신 지는 오래 됐나요?

우체국장: 그렇습니다.

흘레스타코프: 나는 이 도시가 마음에 들어요. 물론 인구는 그리
많지 않지만 그러면 또 어떻습니까? 수도가 아닌 바에야
그렇지 않습니까? 여긴 수도가 아니잖아요.

우체국장: 맞습니다.

흘레스타코프: 수도는 세련되고 우아하긴 하지만 지방의 이런 소
박함은 없지요. 당신 생각은 어때요, 그렇지 않은가요?

우체국장: 맞습니다. (방백) 그런데 이 사람은 조금도 거드름을
피우지 않는군. 아무거나 막 물어보네.

흘레스타코프: 조그만 도시에서도 행복하게 살 수 있다는 걸 당신도 인정하시죠?

우체국장: 그렇습니다.

흘레스타코프: 과연 사람에게 필요한 건 뭘까요? 내 생각엔 그저 남들에게 진심으로 존경과 사랑을 받는 것뿐이라고 생각해요. 그렇잖습니까?

우체국장: 참으로 옳으신 말씀입니다.

흘레스타코프: 당신도 나와 같은 생각이라니 기쁘군요. 물론 나를 별난 사람이라고 생각하는 사람들도 있습니다만, 그건 제 성격이 원래 그래서 그렇습니다. (상대방 눈을 바라보면서 혼잣말을 한다.) 그럼 어디 한번 이 우체국장에게도 돈을 꿔 볼까? (소리 내서) 일이 참으로 우습게 되었어요. 도중에 그만 돈을 다 써버렸지 뭡니까. 혹시 당신이 3백 루블만 빌려 주실 수 있을까요?

우체국장: 왜 안 되겠습니까? 오히려 더없는 영광으로 생각합니다. 자, 여기 있습니다. 모든 걸 도와 드릴 준비가 돼 있습니다.

흘레스타코프: 대단히 감사하오. 정말이지 여행 중에 궁색해지는 건 딱 질색이에요. 그럴 필요가 없지요. 그렇지 않아요?

우체국장: 옳습니다. (일어서서 딱딱하게 굳은 자세로 칼을 잡고) 그럼 이만 물러가겠습니다. 우체국 일에 대해 주의를 주

실 건 없으십니까?

흘레스타코프: 아니에요, 아무것도 없소.

우체국장, 경례를 하고 퇴장한다.

흘레스타코프: (담배를 빨면서) 우체국장이랬지? 아주 좋은 사람 같아. 적어도 성실한 사람인 건 분명해. 난 이런 사람이 좋더라고.

5장

흘레스타코프와 장학관

장학관은 거의 떠밀리다시피 문 안으로 들어온다. 뒤에서 '겁낼 게 뭐 있어?'라는 소리가 들린다.

장학관: (약간 떨면서 칼을 잡고 똑바로 서서) 인사드리게 되어 영광입니다. 장학관인 9등관 홀로포프입니다.

흘레스타코프: 아, 어서 들어오세요! 앉으시죠, 앉으세요! 담배 한 대 피우지 않겠습니까? (그에게 담배를 내민다.)

장학관: (망설이면서 독백) 이거 야단났네! 이런 일은 미처 생각

지 못했는데 말이야 받아야하나 말아야하나······.

흘레스타코프: 받으세요, 받아요. 이건 괜찮은 담배예요. 물론 페
　테르부르크에서 피우던 것과는 다르지만요. 거기선 백 개
　비에 25루블 하는 시가만 피웠죠. 정말이지 한 대 피우고
　나면 손가락에 입을 맞추고 싶을 정도로 냄새가 좋거든요.
　여기 불 있습니다. 피우세요. (그에게 촛불을 내민다.)

　　　　　장학관, 불을 붙이려는데 온몸이 떨린다.

흘레스타코프: 아, 그쪽이 아니에요. 거꾸로 물었어요!

장학관: (깜짝 놀라 담배를 떨어뜨리고 침을 뱉는다. 손을 내젓고
　나서 혼잣말로) 이런 젠장맞을! 이놈의 겁 때문에 다 망쳤
　어!

흘레스타코프: 당신은 담배를 별로 즐기지 않는군요. 난 이게 흠
　이에요. 게다가 또 한 가지, 여성에 대해서는 도무지 무관
　심할 수가 없어요. 당신은 어떻습니까? 어떤 여자를 더 좋
　아합니까? 검은 머리칼인가요, 아니면 금발인가요?

　　　　　장학관은 무슨 말을 해야할 지 몰라 쩔쩔매고 있다.

흘레스타코프: 솔직히 말해 보세요. 검은 머리칼인가요, 금발인

가요?

장학관: 모르겠습니다.

흘레스타코프: 아니, 아니, 그렇게 빼지 마시고! 당신 취향을 꼭 좀 알고 싶어서 그러니까.

장학관: 그럼 감히 말씀드리겠습니다…… (방백) 이거 참, 뭐라 말해야 할 지 정말 모르겠네.

흘레스타코프: 아, 아! 말하고 싶지 않으신가 보죠? 분명히 어떤 검은 머리칼 여자가 속을 썩인 적이 있었나 보군요. 사실 대로 고백해 보세요. 그랬죠?

장학관은 말을 못한다.

흘레스타코프: 이런, 얼굴이 빨개졌네! 그것봐요, 맞죠? 왜 말을 못하십니까?

장학관: 겁이 나서 그렇습니다. 각, 각, 각하…… (방백) 빌어먹을 놈의 혓바닥이 나를 배반하는군. 배반한 거야!

흘레스타코프: 겁이 나신다고요? 사실 내 눈에는 사람을 움츠러 들게 하는 무언가 있긴하지요. 적어도 내 눈길을 견뎌 낼 수 있는 여자는 한 사람도 없다는 걸 잘 알죠. 그렇지 않습 니까?

장학관: 네, 그렇습니다.

홀레스타코프: 그런데 말이오. 이건 아주 이상한 경우인데 내가 도중에 그만 돈을 다 써버렸지 뭐요. 혹시 당신이 내게 3백 루불만 빌려주실 수 없겠소?

장학관: (호주머니에 손을 넣으면서 혼잣말로) 돈이 없으면 낭패인데! 아, 있다! 있어! (지폐를 꺼내서 부들부들 떨면서 내민다.)

홀레스타코프: 이거, 대단히 고맙소이다.

장학관: (뻣뻣하게 굳은 자세로 칼을 잡고) 그럼, 이만 실례하고 물러가겠습니다.

홀레스타코프: 잘 가시오.

장학관: (거의 뛰어가듯 나가면서 방백으로) 아, 살았다! 설마 학교에 와서 교실을 들여다보는 일은 없겠지!

6장

홀레스타코프와 자선기관장

자선기관장, 칼을 손에 잡고 차렷 자세를 취한다.

자선기관장: 인사드리게 되어 영광입니다. 자선 병원 감독관인 7등관 제믈랴니카입니다.

흘레스타코프: 안녕하시오. 자, 좀 앉으실까요?

자선기관장: 어제는 제가 감독하고 있는 자선 병원에서 각하를 수행하고, 또 직접 대접할 수 있어서 영광이었습니다.

흘레스타코프: 아, 그래요! 기억나요. 식사대접은 정말 잘 받았어요.

자선기관장: 나라를 위해 기꺼이 봉사했을 뿐입니다.

흘레스타코프: 실은 이게 내 결점이긴 한데 난 맛있는 음식을 너무 좋아해요. 잠깐, 어제는 당신 키가 좀 작았던 것 같은데?

자선기관장: 그랬을지 모르죠 (잠시 말이 없다가) 한 가지 말씀 드릴 수 있는 것은 저는 정말 열성적으로 맡은 일을 한다는 점입니다. (의자를 끌어서 좀 더 가까이 다가앉은 다음 낮은 목소리로) 이곳 우체국장은 그야말로 아무 일도 하지 않습니다. 일은 완전히 내동댕이쳐지고 우편물은 모두 낮잠을 자고 있으니……. 직접 한번 조사해 보시지요. 그리고 조금 전에 다녀간 그 판사도 토끼 사냥에만 정신이 팔려 있습니다. 심지어 근무지에서 사냥개를 기르고 있습니다. 이런 행동은 책임을 물어야 마땅합니다. 그자가 비록 제 친척이고 친구이긴 하지만 국가의 이익을 위해 말씀드리는 겁니다. 그리고 또 아, 이미 보셨을 테지만 도브친스키라는 지주가 있는데, 이 도브친스키가 외출만 하

면 이내 그 판사가 도브친스키 부인 곁에 붙어 앉아 있는 겁니다. 이건 가슴에 손을 얹고 맹세할 수 있습니다. 일부러라도 직접 한번 살펴보시죠 그 자식들 가운데 도브친스키를 닮은 놈은 하나도 없습니다. 심지어 조그만 딸애까지도 판사를 쏙 빼다 박았습니다.

흘레스타코프: 그게 사실입니까? 그런 생각은 한번도 해 본 적이 없어요!

자선기관장: 그리고 또 장학관이란 자가 있는데…… 어떻게 상부에서 그 친구에게 장학관을 맡겼는지 전 도무지 이해가 안 됩니다. 그 사람은 자코뱅당원 보다 나쁜 자입니다. 말로 다할 수 없을 정도로 불순한 사상을 젊은이들에게 불어넣고 있다니까요. 이 모든 걸 문서로 보고하는 편이 좋을 것 같은데 어떻습니까?

흘레스타코프: 그것도 좋겠죠. 아주 재미있을 것 같아요. 나는 심심할 때면 뭔가 재미있는 걸 읽기 좋아합니다. 그런데 당신 성이 뭐라고 했죠? 나는 건망증이 좀 있어서…….

자선기관장: 제믈랴니카입니다.

흘레스타코프: 아, 맞아요 제믈랴니카. 그런데 당신에게는 자식이 있습니까?

자선기관장: 왜 없겠습니까? 다섯이나 됩니다. 둘은 벌써 장성했습니다.

흘레스타코프: 벌써 어른이라고요? 그럼 자식들이…….

자선기관장: 아이들 이름을 물어보시는 겁니까?

흘레스타코프: 그래요. 아이들 이름이 뭐지요?

자선기관장: 니콜라이, 이반, 엘리자베타, 마리야 그리고 페레페
투야입니다.

흘레스타코프: 거참, 훌륭하군요.

자선기관장: 이거 제가 너무 오래 주저앉아 신성한 시간을 빼앗
았나 봅니다. 그럼 저는 이제 그만……. (나가려고 인사를
한다.)

흘레스타코프: (따라 나오며) 아니에요, 괜찮습니다. 당신 얘기는
정말 재미있었어요. 그러면 다음기회에 또……. 나는 그
런 얘기를 아주 좋아해요. (돌아왔다가는 다시 문을 열
고 그의 뒤에 대고 외친다.) 이것봐요! 당신 이름이 뭐랬
더라? 나는 건망증이 심해서 말이야. 이름이뭐랬죠?

자선기관장: 아르체미 필립포비치입니다.

흘레스타코프: 아르체미 필립포비치……, 미안하지만 말이에요.
묘한 일이 생겨서 말이오. 내가 도중에 그만 돈을 다 써 버
렸지 뭐예요. 혹시 4백 루블 정도 빌려 줄 돈이 있습니까?

자선기관장: 네, 있습니다.

흘레스타코프: 마침 잘됐군. 이거 정말로 고맙습니다.

7장

흘레스타코프, 지주1과 지주2

지주1: 인사드리게 되어 영광입니다. 이 지방에 사는 이반의 아들, 표트르 보브친스키입니다.

지주2: 저는 이반의 아들인 표트르 도브친스키라는 지주입니다.

흘레스타코프: 아, 그래요. 당신들과는 이미 한 번 만났죠. 그때 아마도 당신이 넘어졌던 것 같은데? 그래, 코는 괜찮습니까?

지주1: 신의 가호로! 걱정하실 필요 없습니다. 괜찮습니다, 이제 다 나았습니다.

흘레스타코프: 다 나았다니 잘됐네요. 다행이에요…… (갑자기 분명한 말투로) 당신들 돈 좀 없소?

지주1: 돈이오? 무슨 돈 말씀인가요?

흘레스타코프: (큰소리로 빠르게) 한 천 루블만 빌려주면 좋겠는데.

지주1: 그런 큰 돈은 정말이지 없습니다. 자네 혹시 없나, 표트르 이바노비치?

지주2: 저도 없습니다. 굳이 말씀드리면 제 돈은 사회 구제 사업에 들어가 있기 때문입니다.

흘레스타코프: 그래요, 그럼 천 루블은 없어도 백 루불 정도는 있겠죠?

지주1 (호주머니를 뒤지면서) 표트르 이바노비치, 자네한데 백 루블 없나? 나는 40루블이 전부야

지주2: (지갑 속을 들여다 보면서) 25루블뿐인데.

지주1: 표트르 이바노비치, 그러지 말고 잘 좀 찾아보게! 자네 오른쪽 호주머니에 구멍이 났던데 틀림없이 그리로 빠졌을 거야.

지주2: 없어, 정말이야. 터진 구멍 속에도 없는걸······.

흘레스타코프: 뭐, 상관없소. 나는 그저······ 됐어요. 65루블이라도 괜찮습니다. 어차피 마찬가지니까. (돈을 받는다.)

지주2: 죄송하지만 한 가지 골치 아픈 문제가 있는데 조언을 좀 부탁드립니다.

흘레스타코프: 뭔데요?

지주2: 일이 아주 미묘합니다. 제 맏아들 놈이 제가 결혼을 하기도 전에 태어났습니다.

흘레스타코프: 그래서요?

지주2: 그러니까 그런 얘기가 있기는 하지만, 이 아이는 결혼을 하고 낳은 거나 다름없는 제 자식입니다. 물론 나중에 혼인에 필요한 절차도 다 마쳤습니다. 그래서 이 아이를 이제는 완전한, 그러니까 법률상의 제 아들로 만들고 저처

럼 도브친스키라는 성도 갖게 하고 싶습니다.

홀레스타코프: 좋아요. 그렇게 부르도록 하세요! 그건 가능하지요.

지주2: 이런 일로 심려를 끼쳐 드리고 싶진 않지만 재능이 너무 아까워서 그렇습니다. 아직은 어린 놈인데…… 장래가 밝습니다. 시도 잘 외우고, 굴러다니는 조그만 칼이 있으면 그걸 작은 마차로 멋지게 만들어버리죠. 마치 마술사처럼요. 이 표트르 이바노비치도 잘 알고 있습니다.

지주1: 맞아요. 재주가 아주 뛰어납니다.

홀레스타코프: 알겠어요, 알겠어요. 노력해 보죠. 내가 얘기하면 아마도 잘 될거예요. 암, 그럼요. (지주1을 보며) 당신은 내게 할말이 없나요?

지주1: 왜 없겠습니까? 아주 조그만 부탁이 하나 있습니다.

홀레스타코프: 뭡니까?

지주1: 다름이 아니라 페테르부르크에 가시거든 그곳에 계신 높은 분들에게, 원로원 의원이나 해군 제독 같은 분들께 '각하, 이러이러한 도시에 표트르 이바노비치 보브친스키라는 자가 살고 있습니다.'라고 말씀 좀 해 주십시오. '표트르 이바노비치 보브친스키라는 자가 살고 있습니다.'라고 말이죠.

홀레스타코프: 알았습니다.

지주1: 그리고 폐하를 만나 뵐 일이 있으시거든 폐하께도 그렇게 말씀해 주세요. '폐하, 이러이러한 도시에 표트르 이바노비치 보브친스키라는 사람이 살고 있습니다.' 하고 말입니다.

홀레스타코프: 알겠습니다. 그렇게 하지요.

지주2: 이렇게 번거롭게 해 드려 죄송합니다.

지주1: 이렇게 번거롭게 해 드려 죄송합니다.

홀레스타코프: 괜찮아요, 괜찮아요! 아주 즐거웠습니다. (그들을 배웅한다.)

8장

흘레스타코프 혼자서

홀레스타코프: 여기엔 관리들이 꽤 많군. 그런데 녀석들은 나를 고위 관리로 잘못 알고 있는 것 같아. 하긴 내가 어제 녀석들에게 허풍을 좀 떨긴 했지. 바보 같은 녀석들! 이 얘기를 페테르부르크에 있는 트랴피치킨에게 전부 알려 줘야겠어. 신문에 기사를 써서 이놈들을 제대로 혼쭐을 내 주라고 해야지. 어이, 오시프! 종이하고 잉크 가져와!

오시프, 문으로 얼굴을 들이밀고는 '네!' 하고 대답한다.

홀레스타코프: 어느 누구건 트랴피치킨에게 한 번 걸려드는 날엔 몸조심하지 않으면 안 되지. 친아버지라도 봐주지 않으니까. 게다가 돈도 좋아하거든 그러나 어쨌든 여기 관리들은 선량한 사람들이야. 내게 돈을 빌려 준 것만 봐도 알 수 있어. 돈이 얼마나 되나 한번 볼까. 이건 판사가 준 3백 루블, 이건 우체국장 3백 6백, 7백 8백…… 정말 더러운 지폐로군! 8백, 9백…… 오! 천 루블이 넘잖아 그래, 이 돈이면 카드놀이도 할 수 있겠는데. 어디 그 대위란 녀석, 걸리기만 해 봐라! 누가 이기나 한번 해 보자!

9장

홀레스타코프, 잉크와 종이를 들고 있는 오시프

홀레스타코프: 그래 어떤가, 바보 같은 친구야. 내가 얼마나 훌륭한 대접을 받고 있는 줄 알고 있나? (편지를 쓰기시작한다.)

오시프: 네, 다행입니다! 그런데 주인님, 한가지 말씀드리고 싶은 게 있는데…… .

홀레스타코프: (계속 편지를 쓰면서) 뭔데?

오시프: 이젠 여기를 떠나야 합니다.

흘레스타코프: (계속 편지를 쓰면서) 무슨 말도 안 되는 소리야! 떠나긴 왜 떠나?

오시프: 그냥 그러는 게 좋을 것 같아서요. 그자들이야 이제 어떻게 하건 내버려 두세요! 그리고 여기에 이틀이나 있었으니 이제 그걸로 충분합니다. 그자들과 더 이상 관계를 가질 게 뭐 있습니까? 침이나 뱉어 주십쇼! 그리고 만의 하나 다른 누군가 오기라도 하면 어쩌시려고요! 마침 여기에 훌륭한 말들이 있으니까 그걸 타고 가면 됩니다!

흘레스타코프: (계속 편지를 쓰면서) 아니야, 나는 여기에 좀 더 있고 싶은데…… .그럼 내일 가지.

오시프: 내일이라뇨! 나리, 지금 당장 떠나시죠! 이렇게 훌륭한 대접을 받는 것도 큰 영광이지만 아무래도 빨리 떠나는 게 더 좋을 것 같습니다. 이게 다 나리를 누군가 딴 사람으로 잘못 알고 있기 때문인데……. 게다가 이렇게 꾸물대고 있으면 부친께서도 노발대발하실 거예요. 말씀드렸잖아요, 여기선 좋은 말을 내줄 테니까 그걸 타고 한바탕 신나게 달려 보는겁니다!

흘레스타코프: (쓰고 있다가) 그럼 좋아. 그 전에 이 편지를 좀 부치고 와. 그리고 여행 증명서를 가지고 가서 마차를 받아놔. 그 대신 좋은 말이어야 해! 그리고 마부들에게 파발꾼

처럼 말을 몰고 노래를 부르면 내가 술값으로 1루블씩 주겠다고 일러둬. (편지를 계속 쓴다.) 트랴피치킨 녀석, 배꼽이 빠져라 웃어 대겠지…….

오시프: 저, 주인님 편지는 여기 하인에게 부치라고 하고 저는 시간을 절약할 겸 짐을 챙기는 게 낫겠습니다.

흘레스타코프: 좋아 그렇게 하고 양초나 좀 가져와.

오시프: (퇴장한 다음 무대 뒤에서) 어이, 여보게! 편지 좀 부쳐 주게. 우체국장에게 무료로 부쳐 달라고 해. 그리고 파발마처럼 빠른 놈들로 삼두마차를 당장 보내 달라고 전해 주게. 요금은 내지 않겠다고 하고. 관청에서 쓰는 거라고 얘기해. 그런데 빨리 갔다 와야 해. 그렇지 않으면 우리 주인께서 화를 내시니까. 잠깐, 편지가 아직 준비 안 됐는걸.

흘레스타코프: (편지를 계속 쓰면서) 그런데 이 친구가 지금 어디에 살고 있지? 포츠탐트스카야 거리일까 고로호바야 거리일까? 이 친구도 이사하길 좋아해서……. 집세도 안 내면서 말이야. 아무려면 어때, 포츠탐트스카야 거리라고 쓰자. (편지를 접은 다음 이름을 쓴다.)

오시프는 양초를 가져오고, 흘레스타코프는 편지를 봉인한다.
이때 경찰2가 '이봐 털보, 어딜 슬쩍 기어들어 가는 거야? 아무도 들여보내지
말라는 분부가 있었다고 말했잖아!' 하고 고함치는 소리가 들린다.

흘레스타코프: (오시프에게 편지를 건네주며) 자, 갖고 가.

장사꾼들의 목소리: 경찰관 나리, 들여보내 주십쇼. 왜 못 들어가
게 하는 겁니까? 우리는 볼일이 있어서 왔는뎁쇼.

경찰2: 저리 가, 저리 가! 주무시고 계셔서 만나 주지 않는다니
까!

소리가 점점 커진다.

흘레스타코프: 오시프, 무슨 일이야? 웬 소동인지 좀 내다봐.

오시프: (창밖을 내다보면서) 장사꾼 같은 사람들이 들어오려고
하는데 경찰이 들여보내지 않고 있습니다. 종잇조각을 흔
들고 있는데 아마도 주인 나리님을 뵈려고 하는 것 같습
니다.

흘레스타코프: (창문으로 다가가서) 여러분, 왜들 그러십니까?

장사꾼들의 목소리: 나리, 부탁드릴 말씀이 있어서 찾아왔습니다.
제발 청원서를 받아 주십시오.

흘레스타코프: 들여보내! 오시프, 들어와도 괜찮다고 해.

오시프가 밖으로 나간다.

오시프: (창문으로 청원서를 받아서 그 가운데 한 통을 읽는다.)

'존경하옵는 재무관 각하, 상인 아브둘린 올림…….' 뭐야 이건? 재무관 각하? 이런 관등은 없는데!

10장

홀레스타코프와 술 바구니와 설탕 덩어리를 든 상인들

홀레스타코프: 여러분, 무슨 일입니까?

장사꾼들: 간곡히 부탁드립니다!

홀레스타코프: 대체 무슨 일이오?

장사꾼들: 나리, 살려 주십쇼! 저희들은 아무런 이유도 없이 괜한 곤욕을 치르고 있습니다.

홀레스타코프: 누구한테요?

장사꾼 중 한 사람: 네, 여기 시장입죠. 나리, 이런 시장은 생전 처음입니다. 말로 다 할 수 없을 정도로 욕을 보이고 있어요. 한번은 살림집에 군대를 몰고 들어와 먹이고 재위서 죽을 만큼 힘들게 하지를 않나……. 차라리 목을 매달아 죽는 편이 나을 겁니다. 사람 같은 짓거리는 요만큼도 안 합니다. 남의 수염을 휙 잡아채면서 '요런 타타르 족 같은 놈 아!'라고 트집을 잡지요. 정말입니다! 그것도 저희가 시장

을 존경하지 않는다거나 해서 그러면 몰라도 저희들은 언제나 마땅히 지켜야 할 규칙을 잘 알고 있습니다. 시장 부인이나 따님 옷을 해 드리는 것 정도라면 저희가 이렇게 들고일어나지는 않았을 겁니다. 그런데 그게 아닙니다. 그 정도로는 성에 안 차는지 가게에 찾아와서는 손에 닿는 대로 물건을 가져가 버립니다. 옷감을 보면 '이봐, 이거 좋은 옷감인데. 내 집으로 좀 가지고 와.'하는 식이죠. 할 수 없이 가져다주긴 하지만 말이 옷감 한 필이지 자그마치 50아르신이나 되는 물건입니다.

흘레스타코프: 그게 사실이오? 정말 대단한 사기꾼인걸!

장사꾼들: 사실이고말고요! 지금까지 어느 누구도 이런 시장은 본 적이 없다고 합니다. 시장이 나타나면 사람들은 가게 물건을 싹 감춰 버립니다. 값비싼 건 말할 것도 없고 온갖 잡동사니들도 다 눈독을 들이니까요. 오죽하면 벌써 7년째 통 속에 처박아 둬서 저희 집 점원도 거들떠보지 않는 말린 살구라도 한 줌 집어 가야 성이 풀리는 사람입니다. 시장의 명명일인 안톤의 날에는 이것저것 다 갖다 바치죠. 그래서 이제는 더 필요한 게 없겠지 하면, 웬걸요, 성 오누프리오의 날도 자기 명명일이라고 선물을 바치라는 거예요.

흘레스타코프: 이런 날강도 같으니라고!

장사꾼들: 정말 그렇습니다! 그런데 시장 말을 거역했다가는 '너희 집에 사단 전체를 묵게 만들 거야.' 하면서 위협한답니다. 아니면 난 너를 매질로 다스리거나 고문하진 않겠어. 그건 법률로 금지돼 있으니까 그 대신 어디 골탕 좀 먹어 봐!' 하면서 가게 문을 닫으라고 명령하는 거예요.

흘레스타코프: 이런 사기꾼이 있나! 그것만 해도 이미 시베리아행이야.

장사꾼들: 나리께서 그자를 어디로 보내시건 상관없습니다만, 되도록 우리에게서 조금이라도 멀리 떨어진 곳으로 보내 주시기만 바랄뿐입니다. 나리, 이건 변변치 않지만 성의로 알고 받아 주십시오. 설탕과 술입니다.

흘레스타코프: 아니야. 당신들이 잘못 생각한 모양인데 난 뇌물은 아무것도 받지 않아. 하지만 당신들이 내게 3백 루블을 빌려 준다면 그건 전혀 별개의 문제지만 돈이야 꿀 수도 있으니까.

장사꾼들: 좋습니다, 나리! (돈을 꺼낸다.) 그런데 3백 루블이 다 뭡니까! 5백 루블을 받아 두시고 그저 도와만 주십시오.

흘레스타코프: 미안하지만 빌리는 거니까 별말 없이 받아 두겠소.

장사꾼들: (은접시 위에 돈을 얹어 그에게 내민다.) 자, 여기 있습니다. 접시도 같이 받아 주십시오.

흘레스타코프: 그래, 접시도 받아두지.

장사꾼들: (인사를 하면서) 그러면 여기 설탕도 같이 받아주십시오.

흘레스타코프: 오, 안돼요. 나는 뇌물은 아무것도…….

오시프: 긱하! 왜 안 받으십니까? 받으십시오! 여행 중에는 무엇이든 도움이 됩니다. 설탕 덩어리와 포대를 이리 가져와요! 다 가져와요! 나중을 위해 도움이 될 겁니다. 그건 뭐야? 노끈이야? 그것도 줘 봐 노끈도 필요하니까. 마차가 부서지거나 어떻게 되면 잡아 맬 수 있잖아.

장사꾼들: 각하, 그럼 잘 부탁드립니다. 만일 나리께서 저희들 청을 들어주시지 않으면 저희들은 어떻게 될지 모릅니다. 정말이지 목이라도 매달 수밖에 없습니다.

흘레스타코프: 알았네. 걱정하지 말게. 내가 노력해 보겠네.

장사꾼들이 나가자 여자들 목소리가 들린다.

'아니, 당신이 뭔데 나를 못 들어가게 하는 거야! 저 어른께 당신도 고해바칠 거야. 아니 왜 이렇게 세게 떠미는 거야!'

두 여자의 목소리: 나리, 부탁입니다! 저희들 말 좀 들어 보세요!

흘레스타코프: (창문으로) 그 여자들을 들여보내게.

11장

홀레스타코프, 수리공 아내, 하사의 아내

수리공 아내: (머리가 땅에 닿게 절을 하면서) 부탁드릴 게 있어서…….

하사의 아내: 제발 부탁입니다.

홀레스타코프: 그래, 당신들은 뭐 하는 사람들이오?

하사의 아내: 하사 이바노프의 아내입니다.

수리공 아내: 저는 평민인 수리공의 아내 페브로니야 포실레프키나입니다, 나리.

홀레스타코프: 잠깐만, 한 사람씩 말해 보시오. 당신은 무슨 볼일이오?

수리공 아내: 다름이 아니오라 시장의 일로 간곡히 부탁드릴 게 있습니다. 오, 하느님, 그놈에게 천벌을 내려 주십시오! 그놈 자식들에게도 사기꾼인 그놈에게도 그 친척들에게도 벌을 내려 주십시오!

홀레스타코프: 왜 그러시오?

수리공 아내: 그자가 제 남편을 군대에 보내려고 합니다, 남편 차례도 아닌데 말입니다. 완전 사기꾼입니다! 게다가 법적으로도 아무 문제가 없지요. 제 남편은 결혼한 몸이니까요.

홀레스타코프: 아니 어떻게 그런 짓을 할 수 있지?

수리공 아내: 사기꾼 녀석이라 그렇습니다. 하느님, 저승이건 이 승이건 그놈을 좀 두들겨 패 주십시오! 만일 그놈에게 숙 모가 있다면 온갖 불행에 처하게 하시고, 아비가 살아 있 다면 길거리에서 죽어버리거나 평생 천식을 앓으며 고생 하게 해 주십시오. 빌어먹을 사기꾼 녀석! 원래 군대는 양 복장이 아들이 가기로 되어 있었습니다. 그런데 그놈이 술주정뱅이라 부모들이 선물 보따리를 싸 들고 시장을 찾 아갔죠. 그랬더니 이번에는 여자 장사꾼 판텔레예바의 아 들을 지목했습니다. 그런데 판텔레예바도 시장 부인에게 옷감 세 필을 갖다 바쳤지 뭡니까. 그렇게 되니까 그놈이 나한테 와서는 '서방 따위가 뭐 필요해? 아무짝에도 쓸모 없는데' 하는 거예요. 필요 있고 없고야 내가 알아서 할 일 이지요, 빌어먹을 사기꾼 녀석! 그러면서 네 남편은 도둑 놈이야. 비록 지금은 도둑질을 하지 않지만 언젠가는 도 둑질을 할 테니 마찬가지. 설령 그게 아니어도 내년에 병사를 모집할 때에는 반드시 뽑히게 돼 있어.'라는 거예 요. 나는 남편 없이 어쩌라는 거예요, 빌어먹을 사기꾼 같 은 놈! 나야 힘없는 여자지만 놈은 비열한 사기꾼이에요! 그놈의 일가친척들은 다 지옥에 떨어질거예요! 장모가 있 다면 그 장모까지도…….

흘레스타코프: 알았네, 알았어. 그리고 당신은? (수리공의 아내를

배웅해 내보내며)

수리공 아내: (나가면서) 나리, 제발 잊지 마십쇼! 부탁입니다!

하사의 아내: 나리, 시장 때문에 찾아왔습니다.

홀레스타코프: 그래, 무슨 일이오? 간단히 말해 보시오.

하사의 아내: 시장이 저를 채찍으로 때렸습니다, 나리!

홀레스타코프: 아니, 왜?

하사의 아내: 제대로 알지도 못하면서 그랬습니다, 나리! 시장에서 여자들끼리 싸움이 벌어졌는데 경찰이 뒤늦게 도착해서는 다짜고짜 저를 잡아갔습니다. 그러고는 두들겨 패서 이틀 동안 앉아 있지도 못했습니다.

홀레스타코프: 그런데 이제 와서 어떻게 하겠다는 거요?

하사의 아내: 그야 물론 어떻게 할 수는 없겠죠. 하지만 잘못을 보상하는 뜻으로 시장에게 벌금이라도 물게 해 주십시오. 저로서는 그런 보상을 거절할 까닭이 없지요. 그리고 저는 돈이 많이 필요합니다.

홀레스타코프: 알았어요, 알았어. 돌아가시오, 돌아가! 내가 다 처리할테니.

사람들 창문으로 청원서를 든 손을 밀어 넣는다.

홀레스타코프: 이건 또 웬놈들이야! (창가로 다가가) 그만, 이젠됐

어! 필요없어. 필요 없다고! (창가에서 떨어지면서) 제기
랄! 이젠 진절머리가 나는군! 오시프, 들여보내지 마!

오시프: (창밖으로 소리친다.) 이제 그만 가시오, 가! 시간이 지
났소. 내일 오시오!

문이 열리고 수염이 덥수룩하고 입술은 부르튼 채 얼굴을 붕대로 감싼, 허름한
외투를 걸친 사나이가 나타난다. 그 뒤로 또 몇몇 다른 사람이 눈에 들어온다.

오시프: 가라고. 가라니까! 왜 기어들어 오는 거야? (맨 앞에 있
는 사내의 배를 손으로 떠밀면서문을 닫고 자기도 함께
밖으로 나간다.)

12장

흘레스타코프와 시장의 딸

시장의 딸: 어머나!

흘레스타코프: 왜 그렇게 깜짝 놀라세요, 아가씨?

시장의 딸: 아니에요, 놀라지 않았어요.

흘레스타코프: (점잖을 빼며) 용서하십시오, 아가씨. 저는 여간 기

쁘지 않습니다. 당신이 저를 그런 사람으로 생각해 주시니 말입니다. 이렇게 물어보면 실례가 되겠지만 어디로 가시려던 참이었나요?

시장의 딸: 뭐 어디를 가려고 했던 건 아니에요.

흘레스타코프: 그렇다면 어째서 아무 데도 가지 않으시는 거죠?

시장의 딸: 저는 혹시 엄마가 여기에 계시지 않나 해서……

흘레스타코프: 아니 왜 아무 데도 가지 않으시는 건지 저는 그게 알고 싶습니다만.

시장의 딸: 제가 방해를 했군요. 중요한 일을 보고 계신데…….

흘레스타코프: (점잖을 빼며) 중요한 일을 처리하는 것보다 당신의 눈을 보는 편이 제겐 훨씬 더 좋습니다. 당신이 방해가 되었다고요? 절대 그렇지 않습니다 오히려 당신은 제게 기쁨을 가져다줍니다.

시장의 딸: 도시인답게 말씀도 세련되게 하시네요.

흘레스타코프: 당신처럼 아름다운 분에게는 당연히 그래야지요. 당신에게 의자를 권할 수 있는 행복을 제게 주시겠습니까? 당신에겐 의자가 아니라 왕의 자리라야 마땅하지만요.

시장의 딸: 정말이지 어떻게 해야할 지……. 이제 그만 가봐야하는데. (의자에 앉는다.)

흘레스타코프: 당신의 스카프는 어쩌면 그리도 아름답습니까?

시장의 딸: 아이 짓궂기도 하셔라. 시골뜨기라고 놀리시는거죠?

흘레스타코프: 아가씨, 백합 같은 당신의 목을 끌어안을 수만 있다면 저는 당신의 스카프라도 되고 싶은 마음입니다.

시장의 딸: 전 당신이 무슨 말씀을 하시는지 도통 모르겠어요. 스카프가 어떻다느니……. 오늘은 정말로 날씨가 이상하네요!

흘레스타코프: 아가씨, 전 그 어떤 날씨보다도 당신의 입술이 더 좋습니다.

시장의 딸: 당신께선 늘 이런 얘기만 하시는군요. 저, 부탁이 있는데요. 제 앨범에 기념으로 시를 한두 편 써 주실 수 있을까요? 당신께선 시를 많이 알고 계시잖아요.

흘레스타코프: 아가씨, 당신이 원하는 건 뭐든지 해 드리겠습니다. 말씀만 하시죠. 어떤 시를 원하십니까?

시장의 딸: 음, 뭐랄까…… 새롭고 좋은거요.

흘레스타코프: 시 같은 건 문제가 아닙니다! 많이 알고 있으니까요.

시장의 딸: 그럼 어떤 시를 써주실 건데요? 말씀해 주세요.

흘레스타코프: 말해서 뭐 합니까? 얘기하지 않아도 알고 있는걸요.

시장의 딸: 저는 시를 무척 좋아해요…….

흘레스타코프: 그래요, 저는 시를 이것저것 많이 알고 있습니다. 그럼 이런 건 어떨까요? '오, 그대 인간이여, 어찌하여 슬픔에 잠겨 헛되이 신을 원망하느뇨!' 또 다른 것도 있는데…… 지금은 생각이 잘 나질 않는군요. 하지만 이런 건

별 상관없습니다. 그 대신 당신의 눈길에 불타오른 저의 사랑을 바치겠습니다. (의자를 끌어다 앉는다.)

시장의 딸: 사랑이라뇨? 전 사랑이 뭔지 몰라요. 전 아직 사랑이 어떤 건지 경험해 보지 못했어요. (의자를 뒤로 뺀다.)

홀레스타코프: (의자를 끌어당기면서) 왜 의자를 뒤로 빼세요? 가까이 앉아 있는게 더 좋을 텐데요.

시장의 딸: (뒤로 물러나면서) 뭣 때문에 가까이 있어요? 떨어져 있어도 마찬가지인데요.

홀레스타코프: (다가앉으면서) 왜 떨어져 있어요? 가까이 있어도 마찬가지인데요.

시장의 딸: (뒤로 물러나면서) 그래서 뭘 하려고요?

홀레스타코프: (다가앉으면서) 그건 당신이 가깝다고 생각하니까 그런 겁니다. 떨어져 있다고 생각하시면 됩니다. 아가씨, 당신을 내 품에 껴안을 수 있다면 얼마나 행복할까요!

시장의 딸: (창문을 바라보며) 어, 저기 뭔가 날아간 것 같은데? 까치일까요, 아니면 다른 새일까요?

홀레스타코프: (그녀의 어깨에 입을 맞추고 창문을 바라본다.) 까치입니다.

시장의 딸: (버럭 화를 내며 일어난다.) 어머나, 이건 좀 심하네요! 너무 무례하시군요!

홀레스타코프: (그녀를 붙들면서) 용서하십시오, 아가씨. 당신을

사랑하기 때문에 그랬습니다. 정말입니다. 사랑하기 때문입니다.

시장의 딸: 당신께선 저를 그렇고 그런 시골뜨기로 취급하시는군요. (나가려고 애쓴다.)

흘레스타코프: (계속 그녀를 붙잡고) 사랑하기 때문입니다. 정말로 사랑하기 때문입니다. 전 그저 장난삼아 그래 본 것뿐입니다. 마리야 안토노브나, 화내지 마세요! 이렇게 무릎 꿇고 용서를 빌겠습니다. (무릎을 꿇는다.) 용서하십시오. 용서해 주십시오! 보시다시피 이렇게 무릎을 꿇고 있지 않습니까!

13장

앞 장의 사람들과 시장의 아내

시장의 아내: (무릎을 꿇고 있는 흘레스타코프를 보고) 어머나, 이게 무슨 일이야!

흘레스타코프 (일어서면서) 이런 제기랄!

시장의 아내: (딸에게) 애야, 이게 뭐야? 이게 무슨 짓이냐?

시장의 딸: 엄마, 난…….

시장의 아내: 썩 나가지 못해! 내 말 안 들려. 나가. 나가라니까! 그리고 이제 내 눈앞에는 얼씬도 하지 마.

시장의 딸이 울면서 나간다.

시장의 아내: 용서하세요. 전 정말로 깜짝 놀랐어요…….

흘레스타코프: (방백) 음, 이 여자도 어지간히 식욕을 돋우는데. 나쁘지 않아. (갑자기 무릎을 꿇는다.) 부인, 보십시오. 전 이렇게 사랑에 불타고 있습니다.

시장의 아내: 왜 이러세요? 당신께서 무릎을 다 꿇으시고! 어서 일어나세요. 일어나세요! 여기 바닥은 아주 더러워요.

흘레스타코프: 아닙니다. 무릎을 꿇고 있겠습니다. 꼭 무릎을 꿇고 있겠습니다! 저는 저에게 주어진 운명을 알고 싶습니다. 삶인지 죽음인지.

시장의 아내: 죄송하지만 전 당신 말뜻을 잘 모르겠어요. 혹시 제가 잘못 안 건지 모르겠지만 당신은 제 딸에게 청혼을 하시려던 게 아니었나요?

흘레스타코프: 아닙니다. 전 당신을 사랑하고 있습니다. 제 목숨은 한 가닥 실에 매달려 버티고 있는 거나 마찬가지입니다. 만일 당신이 저의 이 영원한 사랑을 받아 주시지 않는다면, 저는 이 세상에 존재할 가치도 없습니다. 부디 불타

는 가슴에서 우러나오는 저의 청혼을 받아주십시오.

시장의 아내: 하지만 말씀드려야할 건…… 전 이미 결혼한 몸인
걸요.

흘레스타코프: 그게 무슨 상관입니까! 사랑엔 국경도 없습니다.
'세상의 법도야말로 탓할지어다.'라고 카람진 도 말하지
않았습니까. 둘이서 자연의 품으로 돌아가는 겁니다. 자,
이제 저의 청혼을 받아주십쇼!

14장

앞 장의 사람들, 시장의 딸

시장의 딸: 엄마, 아빠가 말이에요……. (흘레스타코프가 무릎을
꿇고 있는 걸 보자 소리를 지른다.) 어머나, 이게 무슨 일
이야!

시장의 아내: 아니, 넌 또 뭐야? 무슨 일이야? 이게 도대체 무슨
경망스러운 짓이야! 갑자기 뛰어들어 와서는…… 그래,
뭣 때문에 그렇게 호들갑이니? 또 무슨 얘기를 하려고. 정
말이지 세 살 먹은 어린애 같아서. 누가 널 열여덟 살이라
고 보겠니. 넌 언제쯤 철이 들 거야? 언제쯤 교양 있는 처

녀처럼 행동할 거야? 언제가 돼야 예의 바르고 품위 있게 행동할 거냐고!

시장의 딸: (울면서) 엄마, 난 정말로 몰랐어요…….

시장의 아내: 머릿속엔 헛바람만 들어 가지고! 쓸데없이 판사 딸들이나 본뜨고 있으니. 왜 개네들을 따라 하는 거야! 개네들은 쳐다볼 필요도 없어. 네가 본받아야 할 사람은 따로 있다니까. 네 앞에 있는 이 엄마를 보려무나. 네가 따라야 할 본보기가 뭔지……. 알겠니?

흘레스타코프: (딸의 손을 붙잡으면서) 안나 안드레예브나, 우리의 행복을 반대하지 마십시오. 영원한 사랑을 축복해 주십시오!

시장의 딸: (깜짝 놀라면서) 그럼 당신께서 우리 딸을…….

흘레스타코프: 결정해 주세요. 삶인지 죽음인지를.

시장의 아내: 그것 봐, 이 맹추야! 너 같은 망나니 때문에 손님께서 이렇게 무릎까지 꿇고 계신데 넌 미친년처럼 뛰어다니고 있으니. 어쩔 수 없지 거절할 수밖에. 너 같은 건 그런 행복을 누릴 자격이 없어.

시장의 딸: 이젠 그러지 않을게요, 엄마. 앞으론 정말로 그러지 않을게요.

15장

앞 장의 사람들과 숨을 헐떡거리며 뛰어들어온 시장

시장: 각하! 살려 주십시오! 살려 주십시오!

흘레스타코프: 아니, 무슨 일입니까?

시장: 장사꾼들이 각하께 탄원을 했습니다만 그 녀석들 말은 절
반도 사실이 아닙니다. 제 명예를 걸고 확신합니다. 오히
려 그 녀석들이 사람들을 속이고 있습니다. 하사 마누라
는 제가 채찍으로 때린 것처럼 고자질했습니다만 그것도
거짓말입니다. 정말로 거짓말을 하고 있는 겁니다. 그 여
자는 자기가 자기 몸을 채찍으로 때렸습니다.

흘레스타코프: 하사 마누라야 어찌 됐건 내버려 둬요. 내 알 바 아
니니까!

시장: 그 말을 믿으시면 안 됩니다. 믿지 마십쇼! 어린애들도 그
놈들 말은 믿지 않습니다. 그들이 거짓말쟁이라는 건 도
시 전체가 다 아는 사실이죠. 게다가 교활하기로 말하자
면 세상에서 둘째가라면 서러워할 사기꾼들입니다.

시장의 아내: 여보, 이반 알렉산드로비치께서 저희들에게 어떤 영
광을 주셨는지 아세요? 우리 딸에게 청혼을 하셨어요.

시장: 아니, 뭐라고? 당신, 정신 나갔어? 각하, 제발 노여워 마십

시오. 이 사람이 머리가 좀 이상합니다. 이 사람 엄마도 좀 그랬었고요.

홀레스타코프: 아닙니다. 정말로 청혼했습니다. 진심으로 사랑하고 있습니다.

시장: 이거 도무지 믿어지지가 않습니다, 각하!

시장의 아내: 하지만 그렇다고 말씀하시잖아요!

홀레스타코프: 당신에게 농담하고 있는 게 아닙니다. 난 사랑 때문에 미칠 것 같습니다.

시장: 도무지 믿어지지가 않습니다. 저에게 이런 영광을 베푸시다니!

홀레스타코프: 만일 당신이 따님과의 결혼을 허락해 주시지 않는다면 난 무슨 짓을 저지를지 모릅니다.

시장: 믿을 수 없습니다 농담이시겠죠, 각하!

시장의 아내: 아니, 어찜 저렇게 말귀를 못 알아듣는담. 그만큼 알아듣게 말씀하시는데도!

시장: 정말이지 믿을 수 없습니다.

홀레스타코프: 따님을 내게 주시오! 부탁입니다! 난 좀 무모한 사람이어서 무슨 일을 저지를지 모릅니다. 내가 자살이라도 하면 당신은 법정에 서야 할거요.

시장: 아, 어떻게 한다지! 정말이지 전 몸도 마음도 결백합니다. 제발 노여워하지 마십시오! 아무쪼록 각하께서 좋으실 대

로 하십시오! 제 머릿속은 지금…… 어떻게 해야 할지 저 자신도 모르겠습니다. 마치 바보가 된 것 같습니다 정말 이런 일은 처음입니다!

시장의 아내: 자, 그럼 축복해 주세요!

흘레스타코프와 시장의 딸이 함께 시장에게 다가간다

시장: 하느님, 이 두 사람에게 축복을 내려주시옵소서! 하지만 저 는 죄가 없습니다.

흘레스타코프가 시장의 딸에게 입맞춤을 한다. 시장이 그들을 바라본다.

시장: 이게 어떻게 된 영문이야! (눈을 비빈다.) 입맞춤을 하고 있군! 아, 입맞춤을 하고 있어. 진짜 신랑이 맞아! (팔짝 팔짝 뛰며 소리 지른다.) 역시 안톤, 안톤이야! 암, 난 시장 다워! 보라고, 일이 어떻게 돌아가는지!

16장

앞 장의 사람들과 오시프

오시프: 마차가 준비됐습니다.

흘레스타코프: 음, 알았어. 잠깐만.

시장: 아니, 어디 가시게요?

흘레스타코프: 갈 데가 있습니다.

시장: 그럼 언제…… 각하께서 직접 결혼식을 올릴 뜻을 비치셨는데?

흘레스타코프: 아, 그건…… 잠깐만……. 하루만 큰 아버님께 다녀올까 합니다. 부자 영감님이시죠. 내일이면 돌아옵니다.

시장: 억지로 붙잡진 않겠습니다. 무사히 다녀오시기 바랍니다.

흘레스타코프: 네, 네. 곧 돌아오겠습니다. 안녕, 내 사랑……. 아니, 말로는 다 표현할 수가 없군요! 안녕, 사랑스러운 이여! (시장 딸 손에 입맞춤을 한다.)

시장: 뭐 필요한 건 없으신가요? 돈이 좀 필요하실 것 같은데…….

흘레스타코프: 아닙니다. 돈은 무엇에 쓰게요. (잠시 생각하고 나서) 하지만 뭐 좋습니다.

시장: 얼마쯤 필요하신지요?

흘레스타코프: 그러니까 그때 2백 루블을 주셨죠. 아니, 2백 루블이 아니라 4백 루블이었죠. 난 당신의 실수를 이용하고 싶진 않습니다. 그러니까 이번에도 그 정도면 어떨까요? 합치면 정확히 8백 루블이 되게.

시장: 알겠습니다! (지갑에서 돈을 꺼낸다.) 마침 새 돈이 있습니다.

흘레스타코프: 안녕히 계시오, 시장님! 여러 가지로 신세를 많이 졌습니다. 진심으로 이런 훌륭한 대접은 처음이었습니다. 안녕히 계십시오, 안나 안드레예브나! 안녕, 내 사랑 마리야 안토노브나!

모두 퇴장한다. 무대 뒤 에서

흘레스타코프의 목소리: 안녕, 내 마음의 천사, 마리야 안토노브나!

시장의 목소리: 아니, 이거 어떻게 된 겁니까? 이런 역마차를 타고 가시다니요.

흘레스타코프의 목소리: 네, 이미 익숙해져서요. 스프링이 달린 마차는 머리가 아픕니다.

마부의 목소리: 워, 워.

시장의 목소리: 그래도 뭐라도, 하다 못해 융단이라도 까셔야죠. 융단을 가져오라고 할까요?

흘레스타코프의 목소리: 뭐 그렇게까지 할 필요는 없는데 정 그렇다면 가져오라고 하시지요.

시장의 목소리: 아브도차! 광에 가서 가장 좋은 융단을 가져오너

라. 하늘색 페르시아산으로 말이야, 빨리!

마부의 목소리: 워, 워.

시장의 목소리: 언제 돌아오시는 걸로 알고 있을까요?

흘레스타코프의 목소리: 내일이나 모레.

오시프의 목소리: 그거 융단인가? 이리 가져와! 이렇게 까는 거라고. 그리고 이쪽엔 건초를 좀 깔아주게.

마부의 목소리: 워, 워 .

오시프의 목소리: 이봐, 이쪽이야! 여기! 조금 더! 그래, 이만하면 훌륭해! (융단을 손으로 두드린다) 자, 앉으시죠 나리!

흘레스타코프의 목소리: 안녕히 계세요, 시장님!

시장의 목소리: 안녕히 가십시오, 각하!

여자들의 목소리: 안녕히 가세요, 이반 알렉산드로비치!

흘레스타코프의 목소리: 안녕히 계십시오, 장모님!

마부의 목소리: 이랴! 달려라!

방울 소리가 울리고 막이 내린다.

5막

같은 방

1장

시장, 시장의 아내, 시장의 딸

시장: 어때, 여보? 이런 일을 생각이나 해 본 적 있어? 이건 이만저만 횡재가 아니야! 어디 한번 솔직히 말해 봐. 당신은 꿈도 꾼 적이 없을 거야. 고작 지방의 시장 부인이 갑자기…… 이게 웬 횡재야! 그런 높으신 양반과 친척이 될 줄이야!

시장의 아내: 아뇨, 전혀 그렇지 않아요. 난 오래전부터 이럴 줄 알았어요. 당신에게는 이 일이 신기하겠지만 그건 당신이 평범한 사람이라서 그래요. 훌륭한 사람을 한 번도 본 적이 없어서 그렇다고요.

시장: 여보, 나도 훌륭한 사람이야. 그나저나 여보, 어떻게 생각해? 우린 이제 하늘을 훨훨 날 수있게 된거야! 안 그래, 여보? 한 번 멋지게 날아 보는 거야, 까짓것! 가만있자, 이번에야말로 툭하면 진정서나 고소장 디밀기 좋아하는 녀석들을 모두 혼내 줘야지. 어이, 거기 누구 없나?

경찰이 들어온다.

시장: 아, 자네군! 그 장사꾼놈들을 이리 불러와 내, 이 불한당 같
은 놈들! 제놈들이 감히 나를 고소해? 저주받을 유대 놈
들 같으니라고! 이 녀석들, 어디 두고 보자! 전에는 그래도
사정을 봐줬지만 이번엔 제대로 맛을 보여 줄 테니. 나를
고소하러 갔던 놈들을 죄다 적어 와. 특히 장사치들의 탄
원서를 대신 써 준 놈들이 누군지 알아 와. 그리고 사람들
에게 전해. 하느님이 이 시장에게 얼마나 큰 영광을 내려
주셨는지 말이야. 그저 그런 평범한 사람이 아니라고! 이
제껏 세상에 없었던 그리고 무슨 일이건다, 모두 다 할 수
있는 그런 사람에게 내 딸을 시집보내게 됐다고! 그렇게
사람들에게 전하라니까. 알았나? 큰 소리로 외쳐! 종을 탕
탕 울리란 말이야! 축하를 하려면 제대로 해야지!

경찰 퇴장한다.

시장: 그건 그렇고, 어떻게 하지? 여보, 이제 우리는 어디서 살게
될까? 여기서? 아니면 페테르부르크에서?
시장의 아내: 당연히 페테르부르크에서죠. 어떻게 이런 데 남아
있을 수 있겠어요!

시장: 물론 페테르부르크에서 사는 건 좋지. 거기도 좋고, 여기도 나쁘진 않지만. 아니, 그럼 뭐야? 시장 자리도 집어치워야겠네. 안 그래, 여보?

시장의 아내: 당연하죠. 시장 자리 같은 게 무슨 소용이겠어요!

시장: 그런데 당신은 어떻게 생각해? 이젠 높은 자리 하나 차지할 수 있겠지? 그 사람이 장관들과 무척 가까운 사이고, 궁전에도 드나드니까 그렇게 승진하다 보면 장군도 될 거야. 당신 생각은 어때? 내가 장군이 될 수 있을까?

시장의 아내: 물론이죠! 물론 그럴 수 있고 말고요.

시장: 제기랄, 장군이 되면 얼마나 좋을까! 기병대 리본을 어깨에 착 걸치고……. 그런데 여보, 리본은 어떤 색깔이 좋을까? 빨간색 아니면 파란색?

시장의 아내: 그야물론 파란색이 훨씬 낫죠.

시장: 뭐? 무슨 말을 하는 거야! 빨간 것도 좋지. 그런데 왜 다들 장군이 되고 싶어 하는 줄 알아? 장군이 되면 어디를 가든 전령이며 부관들이 앞서 달려가서 '말을 내와!' 하고 명령하거든. 말을 갈아타는 곳에선 아무에게나 말을 내주지 않지. 다들 그냥 기다려야 해. 거기에는 9등관, 대위, 시골 시장 따위들뿐일 테니. 난 그들을 거들떠보지도 않을 거야. 어디 도지사 집에서 식사라도 하게 되면, '어이 시장, 이리 와 봐!' 하고 명령하는 거지. 헷헷헷! (큰소리로 자

지러지게 웃는다.) 이렇게 허세를 부려 보는 것도 재밌잖아!

시장의 아내: 당신은 언제나 그런 천박한 것만 좋아한다니까! 이젠 당신도 생활을 완전히 바꿔야 해요. 앞으로 만나게 될 사람들은 함께 토끼 사냥이나 다니는 미치광이 판사나 자선기관장 같은 부류가 아니라는 것쯤은 기억해 두세요. 당신이 알게 될 사람들은 예의 바른 백작처럼 상류 사회 사람들이라고요. 전 정말 당신이 걱정돼요. 당신은 상류사회에선 전혀 들을수도 없는 그런 상스러운 말을 가끔 쓰잖아요.

시장: 뭐 어때? 말버릇이 해를 끼치진 않아.

시장의 아내: 그야 시장 노릇이나 할 때는 그렇죠. 하지만 그곳 생활은 완전히 다르다고요.

시장: 맞아, 듣자 하니 거기선 흰연어나 은어만 먹는다지. 그것들은 그냥 입에 넣기만 해도 침이 질질 흐를 정도로 맛이 좋다고 하더군.

시장의 아내: 이이는 그저 생선 이야기뿐이야! 그보단 우리 집이 수도에서 제일가는 집이 아니면 전 싫어요. 그리고 내 방에는 고급 향수 냄새가 진동을 해야 해요. 이렇게 눈을 찡그리지 않곤 들어올 수 없을 정도로요. (눈을 감고 냄새를 맡는다.) 아아, 얼마나 멋져요!

2장

앞 장의 사람들과 장사꾼들

시장: 어이, 안녕하신가!

장사꾼들: (인사를 하면서) 안녕하십니까, 나리!

시장: 그래, 좀 어떤가? 장사는 잘되나? 이 사모바르 장수야, 이
옷감 장수 놈아! 어쩌자고 탄원서를 냈지? 이 사기꾼, 협
잡꾼, 불한당들아, 이 해적 놈들아! 너희가 감히 고소를
해? 그래, 그래서 덕 좀 봤냐? 그렇게 하면 날 감옥에 처
넣을 수 있을 거라 생각했던 거야? 이 빌어먹을 악마 새
끼, 마귀들아!

시장의 아내: 아니 여보, 무슨 말을 그렇게 함부로 하세요!

시장: (불만스럽게) 이 판국에 말투가 무슨 문제야! 이놈들아, 알
기나 알아? 네놈들이 탄원했던 바로 그 관리가 이제 내 딸
과 결혼한단 말이다, 어때? 어디 할 말 있으면 해 봐. 이번
엔 내가 네놈들을…… 우……! 사기꾼들, 사람을 속이기
나하고…… 관청에 썩은 옷감을 납품해서 10만 루블이나
사기를 처먹곤 나한테는 겨우 옷감 20아르신만 갖다 주
고는 그것도 모자라 상까지 달라 이 말이지? 만일 이게 들
통 나는 날엔 네놈들은 어떻게 되는지 알아? 그런데도 배

때기를 쭉 내밀고 '나는 장사꾼올시다.' 하며 건들지 말라고? '우리들도 귀족보다 못할 게 없다'고? 귀족이라…… 이 못난 녀석들아! 귀족이면 교양이 있어야지. 설령 귀족들이 학교에서 매를 맞는 일이 있다 치더라도 그건 유익한 걸 배우기 위해서야. 그런데 너희들은 뭐야? 사기 치는 것부터 배우잖아. 네놈들은 사람들을 속이지 못한다는 이유로 주인에게 얻어터지지 않느냔 말이야. '하늘에 계신 우리 아버지'도 모르는 꼬마 녀석이 벌써 사기를 치잖아. 배때기가 나오고 호주머니가 두둑해지니 으스대기 시작하나 본데, 치! 네놈들이 잘나긴 뭐가 잘났다는 거야! 하루에 사모바르를 열여섯 번 비웠다고 우쭐대는 거야? 에라, 잘난 체하는 네놈들 낯짝에 침이나 뱉어주마!

장사꾼들: (굽실거리면서) 시장님, 저희들이 잘못했습니다!

시장: 고소를 해? 네놈들이 사기를 치도록 도와준 게 누군데! 네놈들이 다리를 놓을 때 백 루블도 안 되는 목재 값을 2만 루블이라고 써낸 걸 눈감아 준 사람이 누구냐고? 바로 나 아니냐, 이 염소 같은 놈들아! 벌써 잊어버린 거야? 내가 이 사실을 밝혀서 네놈들을 시베리아로 추방해 버릴 수도 있어. 할말 있어? 응?

장사꾼의 한 사람: 시장님, 정말로 잘못했습니다! 죽을 죄를 지었습니다. 앞으로 절대 고소 같은 건 하지 않겠습니다. 무엇

이든지 하라는대로 할테니 제발 화내지 마십시오!

시장: 화내지 말라고! 그러니까 지금 네놈들이 내 발밑에 엎드려 용서를 구하는 거군. 왜 그런지 알아? 내가 이겼기 때문이 야. 그런데 만일 조금이라도 네놈들이 이길 기미가 있어 봐. 네놈들은 나를 진흙탕 속에 처넣고 그 위에다 통나무 까지 얹어 놓을 게 뻔해. 이 악당 같은 놈들!

장사꾼들: (무릎을 꿇고 절을 한다.) 살려 주십시오, 시장님!

시장: 살려 달라고? 이번엔 살려 달라고? 전에는 무슨 짓을 했는 데? 내가 네놈들을…… (손을 내저으며) 그래, 하느님께서 용서해주시겠지! 됐어! 난 원한을 오랫동안 품고 있는 사람 은 아니니까. 하지만 이번엔 조심해야 해! 난 그저 그런 귀 족에게 딸을 주는 게 아니야. 그러니까 결혼 선물은 말이 지…… 알겠어? 훈제 생선 몇 마리나 설탕 덩어리 따위로 어물쩍 넘어가려고 했다간…… 자, 그럼 냉큼 돌아들 가!

장사꾼들 퇴장한다

3장

앞 장의 사람들, 판사, 자선기관장 그리고 퇴직 관리1

판사: (문간에서) 시장님, 그 소문이 사실입니까? 굉장한 행운이 굴러들어 왔다면서요?

자선기관장: 굉장한 행운을 얻으셨다니 진심으로 축하드립니다. 그 소식을 듣고 진심으로 기뻤습니다. (시장의 아내 손에 입맞춤을 하며) 안나 안드레예브나, 축하드립니다! (시장의 딸 손에 입맞춤을 하며) 마리야 안토노브나, 축하합니다!

퇴직 관리1: (들어온다) 시장님, 축하드립니다. 당신과 새 신랑 신부의 건강과 손자와 증손자까지 가문이 번성하기를 기원합니다. 안나 안드레예브나, 축하드립니다. (시장의 아내 손을 잡기 위해 다가간다.) 마리야 안토노브나, 축하합니다! (시장의 딸 손을 잡기 위해 다가간다.)

4장

앞 장의 사람들, 퇴직 관리2 부부와 퇴직 관리3

퇴직 관리2: 축하드립니다, 시장님! 안나 안드레예브나, 축하드립니다! (시장의 아내 손에 입 맞춘다.) 마리야 안토노브나! (그녀의 손에 입맞추러 다가간다.)

퇴직 관리2의 아내: 안나 안드레예브나, 새로운 행복을 진심으로 축하드립니다.

퇴직 관리3: 축하드립니다, 안나 안드레예브나! (그녀의 손에 입 맞춘 다음 관객 쪽을 바라보며 칭찬하는 표정을 짓는다.) 마리야 안토노브나! (그녀의 손에 입 맞추고 관객 쪽으로 고개를 돌려 마찬가지 표정을 짓는다.)

5장

연미복과 프록코트를 입은 많은 손님이 먼저 시장의 아내 손에 입 맞추고
'안나 안드레예브나, 축하드립니다!'하고 말한 다음
'마리야 안토노브나, 축하해요!'라고 말하면서 시장의 딸에게 다가간다.
지주1과 지주2가 사람들 틈을 비집고 나온다.

지주1: 축하드립니다!

지주2: 시장님! 축하드립니다!

지주1: 일이 참 잘 되었습니다!

지주2: 안나 안드레예브나!

지주1: 안나 안드레예브나!

두사람, 동시에 시장의 아내에게 다가가려다 이마를 부딪힌다.

지주2: 마리야 안토노브나! (손을 잡으려고 다가간다.) 축하드립
니다! 이제 아주 아주 행복해지실 겁니다. 화려한 옷을 입
고 값비싼 음식을 드시며 즐거운 나날을 보내실 겁니다.

지주1: (말을 가로채면서) 마리야 안토노브나, 축하드립니다! 하
느님께서 당신에게 온갖 축복을 내려 주시길 바랍니다.
산더미 같은 금화며 요렇게 작고 귀여운 (손으로 모양을
만들어 보여 주며) 손바닥에 앉혀 놓을 수 있는 그런 아들
을 주시길 기원합니다. 아이는 줄곧 응애응애 하고 울어
댈 겁니다.

6장

아직도 축하 인사를 하고 있는 손님들과 장학관 부부

장학관: 축하드립…….

장학관의 아내: (앞으로 뛰어나와) 축하드립니다, 안나 안드레예
브나!

서로 볼에 입맞춤을 한다.

장학관의 아내: 저는 '안나 안드레예브나가 따님을 시집보낸데'라
는 말을 듣고 정말 기뻤어요. '어머나, 잘됐네!'라며 너무
기뻐서 이이에게 '여보, 안나 안드레예브나는 얼마나 행
복할까!' 하고 말했죠. '어쩜, 이런 일이!' 하고 속으로 생
각하고는 다시 이이에게 '너무 기뻐서 안나 안드레예브나
를 빨리 찾아뵙고 축하를 드리지 않으면 마음이 진정되지
않을 것 같아요.'라고 했죠. '정말 잘 됐어! 안나 안드레예
브나가 따님에게 좋은 신랑감이 생기기를 그렇게 기다렸
는데 이제 그 행운이 찾아온 거야. 부인이 바라던 대로 된
거야.'하고 생각하니 정말 뭐라 말할 수 없이 기뻤답니다.
그러다 보니 눈물이 나와서 울다가 그만 통곡을 하고 말
았답니다. 그랬더니 이이가 '아니, 여보. 왜 그렇게 우는거
요?'라고 묻기에 제가 '여보, 저도 모르겠어요. 그냥 눈물
이 이렇게 빗물처럼 흘러내리네요.'라고 대답했죠.
시장: 여러분, 자리에 앉으시죠! 이봐 미시카, 의자를 좀 더 가져와.

손님들이 자리에 앉는다.

7장

경찰서장: 축하드립니다, 각하! 앞으로도 늘 행운이 가득하시길 기원합니다.

시장: 고맙소, 고마워! 여러분, 자 자리에 좀 앉으세요.

손님들 앉는다.

판사: 그런데 시장님, 도대체 이 일이 어떻게 시작된 겁니까? 처음부터 자세히 좀 말씀해 주시죠.

시장: 전혀 뜻밖이었지. 그분께서 직접 청혼을 하셨거든.

시장의 아내: 아주 공손하고 우아한 방법이었죠. 굉장히 훌륭한 표현을 쓰셨어요. '안나 안드레예브나, 저는 오직 당신의 훌륭한 성품에 대한 존경의 마음으로……'라고 하면서요. 그분은 정말이지 교양과 예의범절을 제대로 갖추신 훌륭한 분이에요! '안나 안드레예브나, 제 말을 믿어 주십시오. 제 목숨은 당신의 그 고귀한 인품에 비하면 한 푼의 가치도 없습니다.'라고 말씀하시지 않겠어요.

시장의 딸: 어머나, 엄마! 그건 그분께서 내게 한 말이에요.

시장의 아내: 넌 좀 잠자코 있어! 아무것도 모르면서 왜 남의 말에 끼어드니! '안나 안드레예브나, 저는 당신의 인품에 놀라지 않을 수 없습니다.'라는 둥 계속 칭찬을 쏟아 내시는 거예요. 그래서 제가 '저희들이 어떻게 그런 영광을 누릴 수 있겠습니까?'하고 말씀드리려고 했더니 갑자기 그분께서 무릎을 꿇으시고 아주 점잖게 '안나 안드레예브나, 저를 불행한 인간으로 만들지 말아주십시오! 제 마음을 받아 주십시오. 그렇잖으면 나는 죽음으로써 제 인생을 끝내겠습니다.'라고 말하시는 거예요.

시장의 딸: 엄마, 정말이에요. 그건 그분께서 내게 하신 말씀이라고요.

시장의 아내: 그래, 물론…… 너한테도 그렇게 말씀하셨지. 누가 아니라더냐!

시장: 그래서 정말로 깜짝 놀랐다니까. 자살을 하시겠다고 해서 말이야. '자살하겠습니다. 죽어 버리고 말겠어요!'하고 말이야.

손님들: 설마!

판사: 원, 별일도 다 있군!

장학관: 이건 정말로 운명이라고 봐야 합니다.

자선기관장: 여보게, 그건 운명이 아니야. 운명은 칠면조처럼 바뀌니까. 이번 일은 시장님의 업적으로 그렇게 된 거야.

(방백) 저런 돼지 같은 놈한테 왜 늘 운이 따르는지 모르
겠어!

판사: 시장님 지난 번에 사고 싶어 하시던 그 개를 당신께 팔겠습
니다.

시장: 아니야, 난 지금 개따위에 마음쓸 틈이 없어 .

판사: 그러시면 다른 개로 한번 얘기해 보시죠.

퇴직 관리2의 아내: 아, 안나 안드레예브나. 당신이 행복하시니 제
가 얼마나 기쁜지 모르겠어요! 미처 상상도 못하셨겠죠?

퇴직 관리2: 그 손님은 지금 어디 계신가요? 볼일이 있어 어디론
가 떠나셨다고 들었습니다만…….

시장: 예, 중요한 일이 있어 하루 정도 어딜 좀 다녀오신다고 가
셨습니다.

시장의 아내: 축복을 받으러 큰아버지한테 가셨어요.

시장: 축복을 받으러 가셨는데 내일이면……. (재채기를 한다.)

축하의 말이 합쳐져 왁자지껄하는소리가 된다.

시장: 이렇게 와줘서 너무 고맙소이다! 아무튼 내일이면 다시 돌
아오시니까……. (재채기를 한다.)

축하 인사의 웅성거림 속에서 다음 목소리가 한결 강하게 들린다.

경찰서장의 목소리: 부디 건강하십시오, 각하!

지주2의 목소리: 백 년 동안 장수하시고 부자 되시길 기원합니다.

지주1의 목소리: 천 년 장수하시길 바라겠습니다.

자선기관장의 목소리: 네놈은 뒈져 버려라!

퇴직 관리 2의 아내: 제기랄!

시장: 정말 고맙소! 여러분에게도 그런 축복이 있길 바라오.

시장의 아내: 저희들은 이번 기회에 페테르부르크에 가서 살 생
각이에요. 여긴 정말이지 분위기가…… 너무나 촌스러워
요! 사실 말이지 굉장히 불쾌했어요. 그리고 제 남편도 곧
거기에 가서 장군 직위를 받게 될테니까요.

시장: 그래요, 여러분! 솔직히 말해 난 장군이 되고 싶어 미칠 지
경입니다.

장학관: 그렇게 되시길 바랍니다!

퇴직 관리3: 사람의 힘으로는 안 되는 것도 하느님의 힘이라면 뭐
든지 가능하죠.

판사: '큰 배에는 긴 항해' 라는 말도 있지 않습니까.

자선기관장: 업적에는 명예가 따르는 법입니다.

판사: (방백) 그런데 이자가 정말로 장군이 되면 그야말로 가관
일 거야. 이런 놈이 장군이라니! 암소 등에 안장을 올려놓
은 격이지. 하지만 아직은 어림도 없는 얘기야. 세상엔 네

놈보다 훌륭한대 아직까지 장군이 못 된 사람이 얼마나 많은데…….

자선기관장: (방백) 체, 제기랄! 벌써 장군이 다 된 것처럼 호들갑이군. 하지만 장군이 될지도 모르는 일이지. 늘 거들먹거리는 폼이 예사롭지 않긴 했으니……. (그에게 얼굴을 돌리면서) 시장님 그때는 저희들도 잊지 마십시오.

판사: 이를테면 일 때문에 사람이 필요하면 저희를 생각해 주십시오.

퇴직 관리2: 내년에는 아들놈을 페테르부르크로 보내 나랏일을 시켜 보려합니다. 혼자 있는 놈, 아무쪼록 아비를 대신해 잘 좀 돌봐 주시길 부탁드립니다.

시장: 알겠소. 될 수 있는 한 힘써 보겠소.

시장의 아내: 여보, 당신은 늘 무턱대고 약속을 하는 게 탈이에요. 지금은 그런 걸 생각하고 어쩌고 할 시간이 없잖아요. 이런저런 약속을 할 필요가 뭐 있어요?

시장: 아니, 왜 그래? 할 수도 있지.

시장의 아내: 그야 물론 할 순 있겠죠. 하지만 온갖 소인배들을 하나하나 도와줄 수는 없잖아요.

퇴직 관리2의 아내: 여러분, 들으셨죠? 저 여자가 우리들을 어떻게 취급하고 있는지?

여자 손님들: 맞아, 저 여자는 언제나 저 모양이야. 내가 저 여자

를 잘 알지. 저 여잔 식탁에 앉혀 놓으면 발까지 올려놓을 여자라니까.

8장

앞 장의 사람들과 열린 편지를 손에 들고 허둥대는 우체국장

우체국장: 여러분! 놀라운 일입니다. 우리가 감찰관으로 알았던 관리가 실은 감찰관이 아닙니다.

모두들: 뭐 어째, 감찰관이 아니라고?

우체국장: 검찰관이 아닙니다. 이 편지에서 그 사실을 알아냈습니다.

시장: 무슨 말이야? 도대체 무슨 말을 하는 거야? 무슨 편지인데?

우체국장: 그놈이 직접 쓴 편지입니다. 우리 우체국으로 가져왔더라고요. 주소를 보니 포츠탐스카야 거리잖아요. 정신이 멍해지더군요. '그래, 이건 틀림없이 우편 업무가 엉망인 걸 알고 그 사실을 당국에 보고하는 거로구나.' 생각했죠. 그래서 그걸 가져다 뜯어보았습니다.

시장: 자네가 어떻게 그런 짓을⋯⋯.

우체국장: 저도 모르겠습니다. 어떤 알 수 없는 힘이 저를 부추겼습니다. 저는 이 편지를 속달로 보내려고 이미 파발꾼까지 부른 상태였습니다. 그런데 지금까지 느껴 보지 못한 강력한 호기심이 저를 사로잡았습니다. '그럴 수 없어. 그러면 안 돼!' 하는 소리가 들리는데도 자꾸자꾸 끌리는 거예요! 한쪽 귀에선 '뜯어보기만 해 봐라! 너도 닭모가지 비틀듯 당할 테니까!'하는 목소리가 들리는가 하면, 한쪽에서 '뜯어봐! 뜯어보라니까!'하고 악마가 속삭이잖아요. 그래서 편지를 봉한 부분을 살짝 때어냈죠. 그땐 혈관이 확 불타오르는 느낌이었습니다. 그리고 봉투를 뜯었을 때엔 온몸이 오싹했죠. 정말로 오싹했습니다. 손은 부들부들 떨리고 눈앞이 캄캄해지더군요.

시장: 그런데 자네는 그런 특명을 띤 분의 편지를 어떻게 감히 뜯을 수 있었지?

우체국장: 바로 그 점입니다. 문제는 그자는 특명을 받지도 특별한 인물도 아니라는 거죠!

시장: 그렇다면 그 사람은 뭐라는 얘기야?

우체국장: 이도저도 아닙니다. 뭐 하는 놈인지 알게 뭡니까!

시장: (발끈 화를 내며) 뭐, 이도저도 아니라고? 어떻게 자네가 감히 그분을 이도저도 아니라고 말할 수 있나? 게다가 뭐 하는 놈인지 알 게 뭐냐고? 자네를 체포하겠어!

우체국장: 누가요? 당신이?

시장: 그래, 내가!

우체국장: 그렇게는 안 될걸요.

시장: 그분께서 내 딸아이와 결혼한다는 걸 알고나 하는 소린가? 그리고 난 곧 높은 자리에 오르게 된단말이야. 그러면 난 자네를 시베리아로 추방할 수도 있어!

우체국장: 뭐요? 시장님! 시베리아라고요? 시베리아는 좀 먼데요. 아무래도 당신한테 이 편지를 읽어 드리는 게 낫겠습니다. 여러분! 편지를 읽을까요?

모두들: 읽어 줘요! 읽어 줘!

우체국장: (편지를 읽는다.) '친애하는 트랴피츠킨! 내게 하도 신기한 일이 생겨 서둘러 몇 자 적어 보내네. 난 여행 도중 카드놀이를 하다가 한 보병 대위에게 돈을 몽땅 털리고 말았네. 그래서 여관 주인이 나를 감옥에 집어넣으려고 했지. 그런데 뜻밖에도 나의 페테르부르크풍의 용모와 복장 때문에 이곳 사람들이 날 감찰관으로 잘못 안 거야. 그래서 지금 나는 이곳 시장 집에서 지내면서 즐거운 시간을 보내고 있네. 시장 마누라와 딸을 가지고 놀면서 말이야. 누구부터 건드려 볼까 아직 정하지는 않았지만 아마도 엄마 쪽일 것 같네. 이 여자는 뭐든지 할 준비가 돼 있는 것 같거든. 자네, 기억하나? 우리가 돈이 없어 공짜 밥

을 먹고 다니던 때를 말이야. 한번은 빵을 먹고 나서 돈은 영국 국왕이 대신 낼 거라고 했다가 제과점 주인에게 멱살을 잡혔던 적도 있었지. 그런데 지금은 전혀 그 반대야. 모두 내가 바라는 만큼 돈을 빌려 주거든. 아주 특이한 놈들이야. 자네 같으면 우스워 죽었을 거네. 자네가 글을 쓰는 걸 알고 있으니까 하는 말인데, 이자들을 소재로 작품을 한번 써 보지 그래? 우선 시장이란 작자는 어리석기가 늙은 거세마같고…….'

시장: 그럴 리가 없어! 그런 말은 거기에 없어.

우체국장: (편지를 보여주며) 그럼 직접 읽어보시죠.

시장: (편지를 읽는다.) '늙은 거세마 같다고.' 그럴 리가 없어! 그건 자네가 쓴 걸 거야.

우체국장: 제가 왜요?

자선기관장: 계속 읽어 보게!

장학관: 그래, 읽어봐!

우체국장: (계속 읽는다.) '시장이란 작자는 어리석기가 늙은 거세마 같고……'

시장: 빌어먹을! 그 말을 반복해서 읽을 필요가 뭐 있어! 그게 꼭 필요하단 듯이 말이야.

우체국장: (계속해서 읽는다. 흠, 흠…… '늙은 거세마 같아. 우체국장도 좋은 사람이긴 한데……' (읽기를 멈추고) 이런,

나에 대해서도 무례한 표현을 썼네.

시장: 그만하고 빨리 읽으라니까!

우체국장: 그런데 읽을 필요가 있을까요?

시장: 이런 제기랄! 기왕 읽기 시작했으니까 읽는 거야. 끝까지 다 읽으라니까!

자선기관장: 그럼 제가 읽어 보죠. (안경을 쓰고 읽는다.) '우체국장은 우리 관청의 수위 미혜예프를 쏙 빼닮았어. 그러니 백이면 백 술주정뱅이일거야.'

우체국장: (관객에게) 이런 빌어먹을 놈! 이런 놈은 채찍으로 후려갈겨 줘야해. 다른 방법이 없어!

자선기관장: (계속읽는다.) '자선 병원 감독관은…… 음…… 음……' (머뭇거린다.)

퇴직 관리2: 아니, 왜 읽다가 마는 거야?

자선기관장: 아니, 글씨를 잘 알아 볼 수 없어서……. 아무튼 이놈은 아주 형편없는 놈이 틀림없어.

퇴직 관리2: 이리 주게! 그래도 내 눈이 자네보다야 나을테니까. (편지를 잡는다.)

자선기관장: (편지를 놓지 않고) 아니야, 여긴 건너뛰어도 될 것 같고 다음은 그래도 잘 보이는데.

퇴직 관리2: 알았으니까 어디 이리 줘 봐.

자선기관장: 아니, 내가 읽는다니까. 그다음은 다 잘 보인다잖아.

우체국장: 아니야, 다 읽게! 앞쪽은 다 읽었잖아.

모두들: 넘겨줘요! 아르체미 필립포비치, 편지를 넘겨주란 말이
오! (퇴직 관리2에게) 당신이 읽어 보게!

자선기관장: 알았소. (편지를 건넨다.) 그럼 여기…… (손가락으로
감추고) 여기서부터 읽어주게.

모두, 퇴직 관리 2에게 다가간다.

우체국장: 읽어 보게, 읽어 봐! 쓸데없는 짓 하지 말고 모조리 다
읽어 보게!

퇴직 관리2: (읽는다.) '자선 병원 감독관 제믈랴니카는 흡사 모자
를 쓴 돼지꼴이야'

자선기관장: (관객에게) 별로 웃기지도 않네! 모자를 쓴 돼지라
고? 세상에 모자 쓴 돼지가 어디 있어?

퇴직 관리2: (계속 읽는다.) '장학관이란 자는 썩은 양파 냄새를
풍기고 있지 뭔가.'

장학관: (관객에게) 제길, 난 양파따윈 입에 대 본적도 없는
데…….

판사: (방백) 다행히 내 얘긴 없군!

퇴직 관리2: (읽는다) '판사……. '

판사: 이런 혹시나 했더니! (소리 내어) 여러분, 제 생각에는 편지

가 너무 긴 것 같습니다. 게다가 아무 내용도 없는 휴지 조각 같은 걸 읽어서 뭐 하겠습니까?

장학관: 무슨 소린가!

우체국장: 아니야, 어서 읽어보게!

자선기관장: 그래, 어서 읽어보게!

퇴직 관리2: (계속 읽는다.) '판사 랴프킨탸프킨은 최고의 모베 통이라네…….' (읽기를 멈추고) 이건 틀림없이 프랑스 말일 거야.

판사: 무슨 뜻인지 알게 뭐야! 사기꾼 정도면 다행이지만 그보다 더 나쁜 뜻일 수도 있지.

퇴직 관리2: (계속 읽는다.) '하지만 모두 친절하고 선량한 사람들일세. 그럼 잘 있게, 친애하는 트랴피츠킨! 나도 이젠 자네를 본받아 글이나 써볼까 하네. 이렇게 사는 것도 싫증났어. 결국 마음의 양식이 절실해진 거지. 정말이지 뭔가 고상한 일을 해야 할 것 같아. 내게도 편지를 써 주게. 사라토프 현 포드카칠로프카 마을로 말일세. (편지를 뒤집어 주소를 읽는다.) 상트 페테르부르크, 포츠탐스카야 97번지, 3층 오른쪽, 이반 바실리예비치 트랴피츠킨 귀하. '

부인 중 한 사람: 세상에 이게 무슨 날벼락이야!

시장: 아니, 이거 정말 제대로 당했는걸! 망했어, 망했어. 완전히 망했어! 어, 아무것도 안 보여. 사람 얼굴은 어디 가고 돼

지 주둥이만 보이네. 다른 건 아무것도 아무것도 안 보여……. 불러와! 그놈을 다시 불러와! (손을 내짓는다.)

우체국장: 무슨 수로 불러온단 말입니까! 역장에게 일부러 가장 좋은 마차를 내주라고 명령했는걸요. 게다가 가는 곳마다 그렇게 하라고 명령을 내렸지 뭡니까. 빌어먹을!

퇴직 관리2의 아내: 아니, 이게 정말 무슨 난리야!

판사: 그런데 그 망할 놈이, 여러분! 그놈이 나한테서 3백 루블을 빌려갔어요.

자선기관장: 나한테서도 3백루블을 빌려갔는데.

우체국장: (한숨을 쉰다) 오! 나도 3백 루블을 빌려 주었습니다.

지주1: 저는 표트르 이바노비치와 둘이서 65루블을 지폐로 빌려 줬는뎁쇼.

판사: (어떻게 해야 할지 몰라 양손을 벌리면서) 여러분, 이게 도대체 어떻게 된 겁니까? 어쩌다 우리가 이런 실수를 했단 말입니까?

시장: (자기 이마를 치면서) 어쩌다 내가, 내가 왜 그랬지? 이 늙다리 바보! 양 새끼처럼 둔하고 멍청한 놈! 망령이 났나! 30년 동안 관리 생활을 했지만 장사꾼이건 청부업자건 단 한 놈도 나를 속이지 못했는데 사기꾼 중의 사기꾼 놈들도 죄다 나한테 속아 넘어갔는데 세상을 다 속여 먹을 늙은 여우 같은 사기꾼들도 모두 낚아 올렸는데 말이

지. 도지사도 셋이나 속여 먹었지! 이런 도지사가 다 뭐야! (손을 내젓는다.) 도지사 얘기는 할 것도 없지…….

시장의 아내: 하지만 그럴 리가 없어요, 여보. 그분께선 마리야와 약혼까지 했는데…….

시장: (화를 발끈 내며) 약혼? 약혼은 무슨 얼어 죽을 약혼이야! 이 판국에 무슨 약혼 얘기냐고! (흥분해서) 온 세상 사람들, 모든 기독교인들이여, 여기를 좀 보세요! 이 시장이 얼마나 멍청한 꼴을 당했는지 봐 달라고요! 이런 바보! 이 늙어 빠진 노인네야! (주먹을 쥐고 자신을 윽박지른다.) 이 멍청한 코주부놈아! 그래, 그따위 추녀 끝 고드름 같은 놈을, 걸레 자락만도 못한 놈을 높으신 양반으로 잘못 봤단 말이야? 그놈은 지금쯤 방울 소리를 울리며 말을 달리고 있겠지! 온세상 사람들에게 이 일을 떠벌리고 다니면서……. 웃음거리가 되는 거야. 어설픈 글쟁이나 삼류 작가가 내 이야기를 희극으로 꾸밀 게 아닌가! 바로 이게 더 화가 난단 말이야! 지위고 신분이고 봐주지도 않겠지. 그리고 모두들 이를 드러내고 웃으며 손뼉을 치겠지. 그런데 뭐가 우습다는 거지? 결국은 자기를 비웃는 거 아니야! 에이, 이 사람들아! (화를 내며 발로 바닥을 찬다.) 내가 이 어설픈 글쟁이 놈들을 깡그리! 우, 이런 저주받을 자유주의자 놈들 같으니라고! 악마의 족속들! 네놈들을 모

두 한데 묶어서 박살을 내고 말겠다! (주먹을 휘두르고 구두 뒤꿈치로 바닥을 친다. 잠시 말이 없다가) 아, 아직도 정신을 차릴 수가 없어. 그래, 하느님께서 벌을 내리실 때는 이렇게 이성을 먼저 빼앗나봐. 그런데 도대체 그 경박한 놈이 어디가 감찰관을 닮았단 말인가? 아무 데도 없어! 새끼손가락 반만큼도 닮은 데라곤 없었어. 그런데 왜 갑자기 모두가 '감찰관이다! 감찰관이다!' 하고 난리를 친 거야? 누구야? 그놈이 감찰관이라고 맨 처음 떠벌린 사람이? 대답해봐!

자선기관장: (양손을 벌리면서) 어떻게 이런 일이 벌어졌는지……. 설사 날 죽인다고 해도 설명할 수가 없어요. 마치 안개 같은 것이 사람을 멍하게 만들고 귀신에게 홀린 것 같아서 말이야.

판사: 누가 먼저 떠벌렸냐고요? 그 얘기를 떠벌린 건 바로 이 친구들입니다! (지주2와 지주1을 가리킨다.)

지주1: 아녜요, 저는 아니에요! 그런 건 생각도 안 해 봤습니다.

지주2: 전 아무 얘기도, 정말로 아무 얘기도…….

자선기관장: 맞아, 자네들이야!

장학관: 당연히 자네들이야. 여관에서 미치광이들처럼 뛰어와서는 '왔습니다. 왔습니다. 그리고 돈도 내지 않고 있습니다.'라고 말했잖아. 뭐 대단한 걸 발견했다고.

시장: 그래, 바로 네놈들이야! 수다쟁이들, 망할 놈의 거짓말쟁이들 같으니!

자선기관장: 자네들의 감찰관과 얘깃거리를 가지고 지옥으로 꺼져 버리게!

시장: 시내를 싸돌아다니며 소란만 피우는 망할 놈의 수다쟁이들! 거짓말이나 하고 돌아다니는 꽁지 빠진 까치 놈들 같으니라고!

판사: 저주받을 못난이들!

장학관: 얼간이들!

자선기관장: 배만 나온 난쟁이 녀석들!

모두들, 두 사람을 둘러싼다.

지주1: 아니예요. 제가 아니고 표트르 이바노비치가 그랬습니다.

지주2: 아니야, 표트르 이바노비치, 자네가 먼저 그랬잖아…….

지주1: 아니라니까 맨처음에 그랬던 건 자네였어.

마지막 장

앞 장 사람들과 헌병

헌병: 특명을 받고 페테르부르크에서 오신 관리께서 여러분을 당장 출두하라고 하십니다. 그분께선 지금 여관에 계십니다.

이 말에 모두 벼락을 맞은 듯 놀란다. 부인들 입에선 비명 소리가 동시에 튀어나온다. 모든 사람이 갑자기 자세를 바꾸더니 화석처럼 굳어 버린다.

대사가 없는 장면

시장은 두 팔을 벌리고 머리를 뒤로 젖힌 채 무대 중앙에 기둥처럼 서 있다. 오른쪽에는 그의 아내와 딸이 온몸으로 그에게 달려갈 듯한 자세를 취하고 있다. 그들 뒤에는 우체국장이 관객을 바라보며 의문스럽다는 표정을 짓고 있다. 그 뒤로 장학관이 순진한 표정으로 넋을 잃고 서 있다. 그 뒤로 무대 한쪽 끝에 부인 셋과 손님들이 시장 가족을 노골적으로 비웃는 표정으로 서로 기대고 있다. 시장의 왼쪽으로는 자선기관장이 마치 무엇엔가 귀를 기울이는 듯 고개를 약간 옆으로 기울이고 있다. 그 뒤로는 판사가 두 팔을 벌리고 거의 땅바닥에 주저앉은 듯한 자세로 '이거 큰일이로군!' 하고 말하려는 것 같기도 하고, 휘파람을 불기라도 하려는 듯 입술을 움직인다. 그 뒤로 퇴직 관리2가 관객에게 한쪽 눈을 가늘게 뜨고 시장에게 신랄한 냉소를 보내는 표정을 짓고 있다. 그 뒤 무대 맨 끝에 보브친스키와 도브친스키가 서로에게 손을 내밀고 입을 딱 벌린 채 눈을 부릅뜨고 서로를 바라보고 있다. 나머지 손님들은 기둥처럼 그냥 서 있다. 모든 사람은 거의 1분 30초 정도 이 자세를 유지한다. 막이 내려온다.

청소년을 위한 고골 작품선
코·감찰관

초판 1쇄 | 2024년 10월 28일

지은이 | 니콜라이 고골
옮긴이 | 최병근
디자인 | S-design
편 집 | 강완구
펴낸이 | 강완구
펴낸곳 | 도서출판 써네스트
출판등록 | 2005년 7월 13일 제2017-000293호
주 소 | 서울시 마포구 양화로 56, 1521호
전 화 | 02-332-9384   팩 스 | 0303-0006-9384
이메일 | sunestbooks@yahoo.co.kr
ISBN 979-11-94166-40-5 43890 값 12,000원